TO BE
A BETTER
WOMAN

晚情 著

精装纪念版

不攀附 不将就

做一个
刚刚好的女子

青岛出版社

图书在版编目（CIP）数据

做一个刚刚好的女子：不攀附，不将就：精装纪念版 / 晚情著. -- 青岛：青岛出版社，2016.7
ISBN 978-7-5552-3958-1

Ⅰ. ①做… Ⅱ. ①晚… Ⅲ. ①散文集－中国－当代 Ⅳ. ①I267

中国版本图书馆CIP数据核字(2016)第096716号

书　　名	做一个刚刚好的女子：不攀附，不将就：精装纪念版
作　　者	晚　情
出版发行	青岛出版社
社　　址	青岛市海尔路182号（266061）
本社网址	http://www.qdpub.com
邮购电话	010-85787680-8015　13335059110
	0532-85814750（传真）　0532-68068026
责任编辑	那　耘
选题策划	李文峰　崔　悦
特约编辑	崔　悦
版式设计	李红艳
印　　刷	北京旭丰源印刷技术有限公司
出版日期	2016年7月第1版　2018年3月第4次印刷
开　　本	32开（880mm×1230mm）
印　　张	9.5
字　　数	140千
书　　号	ISBN 978-7-5552-3958-1
定　　价	59.00元

编校质量、盗版监督服务电话　4006532017
青岛版图书售后如发现质量问题，请寄回青岛出版社出版印务部调换。
电话：010-85787680-8015　0532-68068638

（01）你的妥协，成全你了吗？　　　　001

（02）不必去做一个人人都喜欢的姑娘　　006

（03）内心强大的人才会笑到最后　　　　012

（04）你是不是太早示好了？　　　　　　018

（05）观念不同，不必强争　　　　　　　025

（06）姑娘，千万别有下嫁心态　　　　　031

（07）婚后第一年，你该做什么？　　　　040

（08）你我生活不同，不必相互打扰　　　047

（09）我崇尚这世间任何形式的平等　　　053

（10）姑娘，别误解了独立的含义　　　　058

（11）穷太久就是你的错　　　　　　　　066

（12）你的资源与人脉匹配吗？　　　　　072

目录 Contents

（13）别把生活过成一个死局　　　　　　　　　080

（14）女王和女仆　　　　　　　　　　　　　　085

（15）我们终将过上与能力相匹配的生活　　　　089

（16）亲爱的，你不能要求独得这世间所有的好处　095

（17）你所谓的善良，其实是最大的"恶"　　　　100

（18）没有一种人生不辛苦　　　　　　　　　　106

（19）只要你有勇气承担所有结果　　　　　　　111

（20）只有一种渣男值得感激　　　　　　　　　117

（21）所有的改变，最终受益的都是你　　　　　122

（22）别把悲剧演绎成连续剧　　　　　　　　　127

（23）低头付出，抬头看人　　　　　　　　　　132

（24）不要当婚姻的守门员　　　　　　　　　　137

Contents 目录

（25）有一种悲剧叫"轮回"   142

（26）没有谁能预言谁的未来   148

（27）别人的智慧无法自动地拯救你   153

（28）你的身价是多少？   157

（29）轻轻报复一下就好   162

（30）你的节俭，成全了谁？   168

（31）有多少人还在干这些事？   173

（32）会说话，到底有多重要？   178

（33）谁也不比谁傻   183

（34）你真的不用太懂事   189

（35）别以爱的名义为自己谋利   194

（36）杀敌一千，自损八百   200

目录 Contents

（37）婚姻，真的不是必需品　　205
（38）忠诚，只是婚姻的最低配置　　210
（39）当你的周围都是恶意时　　215
（40）我们为何疏远了曾经的那些人？　　221
（41）无论单身或已婚，都要宠爱自己　　227
（42）你有权利选择做珍宝还是做顽石　　232
（43）得体是女人最大的优雅　　236
（44）多少人的爱情，不过是自己的想象　　242
（45）感情中，选择永远比经营重要　　248
（46）不要在朋友圈里"求赞"　　254
（47）欠什么，都不要欠人情　　260
（48）感情中，最伤人的态度是这种　　266
（49）这世上，有一种人永远不会被感激　　272
（50）永远不要与人性为敌　　278

后 记　　286

TO BE
A BETTER WOMAN

不必羡慕那些过得比你精彩自由的人，

他们并不比你优秀，

只是他们在自己的人生里，

有自己的想法与追求，并且有勇气去坚持。

不打扰别人的幸福，就是最大的仁慈，

因为我们的幸福，也未必是别人眼里的幸福。

我崇尚这世间所有形式的平等，无论你是浑身奢侈品还是粗衣麻布，只要包裹在身体里的灵魂是高尚的，就值得所有人尊敬。

TO BE
A BETTER WOMAN

态度要坚决,
语气要温柔。

很多时候,

当生活、爱情、事业给我们设置了一道道障碍时,

我们溃不成军,以为自己输给了生活,

输给了爱情,输给了事业,

其实不过是输给了自己而已,

输给了那个内心焦躁、忧虑、畏怯的自己。

很多人把自己的不成功归结为没有机遇,没有贵人相助。

有句话说得好:机遇是给那些有准备的人的。

当你拥有了能力,人脉是迟早的事。

人生中我们会遇到很多问题，努力解决是一种很好的人生态度，

接受现状也是一种不错的人生态度，

最最糟糕的就是既没有能力解决问题，又不愿意接受现状，

每天抱怨生活，生生把自己的生活过成了一个死局。

亲爱的,

你不能要求独得这世间所有的好处。

TO BE
A BETTER WOMAN

若爱，请深爱，若弃，请彻底。

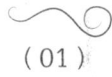

(01)

你的妥协,成全你了吗?

朋友S酷爱旗袍,每次聚会都穿不同风格的旗袍出席,她说这辈子最大的梦想就是开一家旗袍店,天天穿着旗袍招呼客人,我们纷纷支持,觉得S如此热爱旗袍,一定会把这家店经营得与众不同。在我们的鼓励下,S决定无论如何都要开一家旗袍店,这辈子只剩下这么点爱好,再不去做,就真的老了。于是,S开始寻找店铺、货源,忙得不可开交。

朋友聚会时,我们关心地问她旗袍店什么时候开张,到时好去给她捧场。原本还谈笑风生的S突然变得闷闷不乐起来,说旗袍店不开了,说着,长长地叹了一口气。

我们忙问遇到了什么困难,看看有没有什么地方可以帮忙的。

S犹豫了一会儿说，老公不同意，觉得她现在的工作稳定又体面，收入也不错，还可以照顾老人和孩子，一旦开店，前期投入的时间和金钱会非常可观，而且她从来没有做过生意，老公对她的能力也不信任，觉得此举太疯狂了，并且还联合她父母给她施压，父母也劝她别折腾，放着好好的福不享，开什么店呢！要是店没开好，还影响了夫妻感情，那就真的得不偿失了。

在一群人的反对下，S迟疑了，虽然还是热爱旗袍，虽然开旗袍店是她一直以来的梦想，但她不敢坚持。

我们叹了口气，没说什么，毕竟那是她的人生，她的选择，我们尊重就好。

回去的路上，S自嘲地说："我以为只是妥协一次，结果我却妥协了一辈子。"

我认识S很多年了，她的性格和脾气都很好，很少与人争执什么，遇到事情总是习惯为别人着想。

念大学时，她想选音乐系，可是在父母眼里音乐不是个正经科目，念了也没大用，坚持让她选择金融，因为她有个姑姑是银行行长。S郁闷了很久，最终还是顺从了父母，选了完全不喜欢的金融专业，那四年里，我不止一次地听到S抱怨父母，但她却不敢按照自己的意愿选择。

毕业后，同时有两个男生追她，其中一个家境不太好，但对S

用情极深，S也很喜欢他。另一个追求者就是她现在的老公，家境优越，但S总觉得他太过自私，可父母完全不支持她选择前者，认为缺乏必要的物质条件还怎么给她幸福。这一次，S抗争了，父母极为震怒，采取了更为激烈的手段迫使S就范，甚至跑到男方公司去闹，S很快败下阵来妥协了。男友流着泪对她说："我根本不在意你父母怎么对我，只要能和你在一起，我什么都能承受。"但S没有足够的勇气与父母对抗，两人含泪分了手，S嫁给了父母满意的男人。

婚后，S是个好说话的人，有什么分歧，她会退让妥协，所以和现在的老公相处也没有大问题，如果不是这一次的开店事件，两人应该会一直平平静静地生活下去。

大多数人也觉得S生活得不错，夫妻俩收入不错，共同养育一个孩子，双方父母条件也不错，比起很多人而言，她已经是非常幸运的人了。

然而，在一次同学聚会后，S打电话给我："亲爱的，今天我又见到他了，看见他的一刻，我只有一个想法，我这辈子嫁错人了，我不快乐，我真的一点也不快乐。"

我完全理解她的心情，S失去了自己的人生，一个没有期待和追求的人生，其他东西再充足，也是枉然。

结婚一年的朋友喝得大醉对我说："亲爱的，我遇见自己想要的人了，可是我已经结婚了，如果……如果他早一年出现，如果……如果我再坚持一年，也许人生就不一样了，可是人生没有如果。我没有出轨，可是我现在对老公处处看不顺眼，这样下去很危险，我该怎么办？"

看着她痛苦的样子，我除了叹气，丝毫帮不了她。

我曾经看到一句话，我们当中很多人，穷其一生也不会找到自己的真爱，因为我们在真爱来临之前已经向生活妥协，在周围人的催促和自我暗示下，与一个不怎么爱，却被称为"最适合"我们的人早早捆绑在一起，甚至很多人以"这个世界上哪有什么纯真的爱情，最后不过都是柴米油盐"来安慰自己。纯真的爱情、美满的生活绝对有，只是看你有没有勇气去坚持等它的到来。

我们经常抱怨生活各种不顺心，婚姻生活平淡得像一杯白开水，工作枯燥乏味，毫无乐趣。

可是亲爱的，曾经你也对婚姻、爱情充满了憧憬，对事业有自己的规划和追求，为什么最后生活会变成这样呢？你努力过吗？你坚持过吗？你有没有勇气在真爱到来之前抵住所有的压力，只为找一个自己喜欢又满意的伴侣呢？你有没有勇气抵住所有的质疑与诱惑，只为坚持自己的梦想呢？你妥协得越多，就失去越多，最后只剩下怨念与不甘。

我们一直以为妥协一些，将就一些，这个世界就会为我们让出一席之地，但最后除了失去更多，什么都不曾得到，徒增许多怨念。每一次妥协的背后，都有一个真实的目的，或者害怕失去，或为息事宁人。很多人认为降低标准可以得到自己想要的结果，其实不是，你所拥有的底线才决定你不会失去什么。一旦你丧失了底线，很快就会溃不成军，你所在乎的东西，会一样样失去。诚然，也许你能够获得暂时的平静，但很快就需要你做出更大的妥协，直至你丧失所有原则，被生活打入十八层地狱。

很多人百思不得其解，我已经一退再退，为什么还是得不到想要的结果呢？退一步未必海阔天空，也许身后是万丈悬崖。这个世界上值得你退让妥协的人只有一种，那就是成熟感恩珍惜你付出的人，可是这样的人却不会让你委曲求全，牺牲自己。比如你嫁了一个成熟感恩的老公，你愿意为了他放弃心爱的工作更多地照顾家庭，你愿意舍弃自己的爱好去成全他的追求，但他却不会让你这么做，他会尊重你的人生与付出。

一个需要你委屈自己时时妥协的人，绝对给不了你想要的人生。你的妥协成全不了对方，他只会在你的妥协中进一步提高自己的需求罢了；你的妥协也成全不了自己，因为每一次妥协必定带有目的，当事与愿违时，是否甘心，答案自在你心。

不必羡慕那些过得比你精彩自由的人，他们并不比你优秀，只是他们在自己的人生里，有自己的想法与追求，并且有勇气去坚持。

(02)

不必去做一个人人都喜欢的姑娘

我有一个很好的闺密,叫她当当吧。我刚认识她的时候,她毒舌又犀利,若我和先生一吵架,情绪不佳,她就恨不得抽我一耳光,再拎起我的耳朵对我吼:"为个男人郁闷,有点出息好不好,不行咱就换人啊!"

一开始我可真吃不消,渐渐熟了后我才习惯她这么激烈的表达方式,然后,我居然开始无比喜欢她。因为她活得实在太潇洒,太生机勃勃,她可以非常干脆地拒绝某个人,毫不留情地回敬别人的恶意,完全按照自己的意愿生活。但我又很担心她,有一次,我问她,这么随心所欲,真的一点也不担心得罪人吗?

当当很鄙视地看了我一眼:"那你觉得我人缘差吗?"

我仔细一回忆,惊讶地发现,她的人缘比很多人都好,而那些比她温柔比她周到的姑娘，反而没有她这么好的人缘。

那时当当还没辞职，她部门里来了个叫肖莉的女孩，性格跟当当完全相反，温柔、热情又善良。我第一次过去看当当时，肖莉又是给我倒茶又是给我拿零食，偶尔当当去下卫生间，她会很体贴地找话题跟我聊天，生怕我一个人无聊，到了中午又热情地帮忙打饭端菜。我在心里感叹，真是个让人如沐春风的可人啊！

我很不含蓄地表示出了对她的喜欢，问当当："你有没有觉得这样的姑娘非常讨人喜欢啊？若我是男人，我一定要娶她。"

言外之意是让当当对我温柔点，当当嫌恶地看了我一眼，告诉我肖莉在部门里的人缘不怎么样。我十分不解，如此善解人意的姑娘，怎么会人缘不好呢？

下午我坐在当当办公室上网，肖莉从自己寝室回来，拎了一袋水果，分发给办公室里的每个人。但她得到的只是别人面无表情的"谢谢"两个字，有的人只是"哦"一声，指指办公桌上的某个地方，示意她放在那里，还有人直接表示不需要，一圈下来，这位姑娘甚至没有得到一句真诚的感谢。她默默地回到自己的位置上，开始处理自己的工作。这时候一位同事接了一个电话，匆匆拿起包："肖莉，我有事要出去一下，这个你帮我交到财务部去吧！"

肖莉立刻热情地接过，表示一定会做好，对方冲她笑了笑，道了声谢，只是听在我耳里，十分功利。肖莉放下手里的工作，赶紧拿着文件去了财务部。

两个小时后，那位同事回来，随口问起，肖莉说已经交给财务部的某某了。

对方一听，脸色立刻沉了下来："你交给她干吗啊，应该给小沈才对，早知道不找你了，真是帮倒忙。"

肖莉连声道歉，极力向对方解释，对方只是嫌恶地看了她一眼，嘀嘀咕咕地去财务部了。

可怜的姑娘犹如犯了错的孩子，拼命想弥补自己的过错。我注意到，一下午她都小心翼翼地观察着四周的动静，如果谁让她帮一下忙，甚至只是跟她说一句话，她就像得到了特赦一样。

我看了心中很不忍，在QQ上问当当是不是要安慰一下这个姑娘，当当回了个白眼过来："我要是被人如此对待，我希望每个人都无视，那就是给我最大的尊重。"

我想了想，只好作罢。

下班时，我和当当去地下车库，聊起肖莉，忍不住为她抱不平，当当没心没肺地说："她太希望得到每个人的喜欢，生怕得罪了任何人，所以失去了自我，只能换来别人变本加厉的不尊重罢了。"

我说，是你们部门的人太过分了吧，当当从鼻子里冷哼一声："部门只是社会的剪影而已，这个社会有很多人习惯去取悦不拿自己当回事的人，而不会善待那些真心对自己好的人，这就是人性。她看不懂这点，注定要受伤。"

当当继续说："她把别人喜不喜欢看得太重了，这样累坏了自己，也得不到想要的结果。"

想到肖莉小心翼翼地取悦所有人，我都替她累。若是累得值得，也就罢了，可是有些人，注定是取悦不了的，甚至在接收到你想取悦她的信息后，更加不会把你放在眼里，所以，对于这些人是否喜欢自己，真的没那么重要。这样的人，每个人一生中都会遇到几个。

八岁那年，姑姑去上海时给我买来一条裙子作为生日礼物，我对那条裙子的印象实在太深刻了。那是一条鹅黄色的真丝绣花连衣裙，娃娃领、公主泡泡袖，下摆绣着一排细碎的小花，这在80年代是足以秒杀所有衣服的，那时候的孩子穿的衣服大多都是母亲从布店买回一块布，然后找个裁缝做一下，手工好不好不提，款式基本都差不多，像这样的裙子在我们这个小县城里是看不到的。我拿到后，喜爱得不知如何是好，姑姑让我穿上去给小朋友们看看，我只转了一圈就回来脱下了，生怕弄脏弄破。之后整整一个月，我每天都拿出来看一看，却舍不得穿。

但是某天傍晚，隔壁邻居有个阿姨过来借这条裙子，因为她要带女儿去喝喜酒，没有合适的衣服，她女儿又和我同龄，想借这条裙子穿一天，我自然是不肯，要知道，我自己都没舍得完整地穿一天呢！

她不高兴地对我妈说："哎呀,你女儿这么小气啊,只是借去穿一天而已,完了就洗干净还给她了。"

我妈自然不肯让我被人说小气,忙不迭地从我手里夺过裙子,赶紧送到那位阿姨手里,不顾我的眼泪和伤心。

裙子被拿走了,我哭了很久,整整一天没吃饭,也不肯说话,我妈对于我的"小气"很不高兴,觉得我一点也没继承到她和我爸的大方。

第三天,邻居阿姨来还裙子了,见我理也不理她,挖苦我道:"喏,还给你,一条裙子有什么好稀罕的,这么小气,一点也不像你父母,一点都不讨人喜欢。"

我当时不知道哪里来的勇气,回敬道:"你不喜欢我,我感到很荣幸,正好我也不喜欢你。"

结果我被我妈狠狠骂了一顿,但我觉得无比舒坦。后遗症就是邻居阿姨到处传播我"小气",并且添油加醋地陈述我如何没大没小的事迹。

我妈念叨了我很久,她一直想着如何帮我消除影响,要是以后别人都不喜欢我了,那可怎么办。后来,那条裙子我放在箱子里,再也没有穿过。

我没有我妈那种担忧,唯一觉得遗憾的是,我那时年幼,无力保护自己心爱的东西。

成年以后,我更加明白,对于有些人,你只有不断牺牲自己的利益,去满足他们的要求,才能暂时得到好脸色或者一句言不由衷的感谢，一旦哪次没有满足，他们就会加倍地伤害你，有些人，注定取悦不了，更加没必要取悦。

后来，我又问起肖莉的处境，当当两手一摊："还是老样子，或者有一天，她突然醒悟，或者她永远都这样下去，只能看她自己的造化了。想要取悦所有人，最后只能落个人人不喜欢的下场，因为不论谁说什么，她都赞同，一个人没有自己的主见和立场，在别人眼里就是墙头草，谄媚的角色，而一个有主见的人，虽然不会人人都喜欢她，但跟她观念相同的人会喜欢，所有无论什么样立场的人，总会交到自己的朋友，唯有试图取悦所有人的人，别人都不会跟她深交。"

有一次，我在商场遇见肖莉，也许是她之前给我的印象太好，我还是忍不住跟她说了几句心里话，大意是让自己足够优秀，才能得到自己想要的一切。她乖顺地点点头，而这些话对她是否有用，我没把握，后来，我听说她离职了。

我想起当当经常挂在嘴边的话："我又不是人民币，能让每个人都喜欢我，就算我真是人民币，架不住人家更喜欢美金、欧元，所以，我不用人人都喜欢我。"

这个世界上，不是我们愿意委屈自己，奉献自己，就能得到别人的喜欢。即使我们做得再好，再优秀，都有人会讨厌我们，所以，没必要累坏自己。

不必去做一个人人喜欢的姑娘，但一定要做个自己喜欢的姑娘，不迎合，不媚俗。

内心强大的人才会笑到最后

我的朋友H是个事业型的女人，平时我们很少见面，这次我去她所在的城市办事，决定去看看她。

我刚到了她的办公楼下，发现二楼正在招租，有些惊讶，却也不意外，心想：这女人终于笑到了最后。

H的办公室在三楼，我进去的时候，她正坐在落地窗前喝咖啡，欣赏着外面的车水马龙，我想她此刻心情一定非常美好。

我做了个"二"的手势："终于败走了？"

H自信地一笑："迟早的事。"

说起她与二楼女老板的恩怨情仇，绝对可以写一部商战小说了。

  H并不是那座城市的人，一切都是从头做起，她极具商业头脑，所经营的品牌很快就成为那座城市数一数二的品牌。正当她打算大展拳脚时，另一个经营着同等分量品牌的人盯上了她，对方和她一样，也是个女强人。

  两个女人的战争，永远没有硝烟，却又是最残酷的。

  首先，对方把办公地点搬到了她楼下，装修阶段无比高调。H的下属天天看在眼里，有些不淡定了，有人跑过来跟H说："H总，我建议我们去做个更醒目的logo（标识牌）放在一楼门口处的醒目位置，挫挫她们的锐气。"

  H否决了下属的提议，理由很简单，做个更醒目的logo能怎样？不过是让对方做个更醒目的而已，估计到最后一楼就剩她们两家醒目的logo了，明眼人一看就知道这两家在斗气，没必要显得自己心胸很窄的样子。

  过了一段时间，对方装修完毕正式办公，两家的竞争正式拉开了帷幕。首先，对方给自己所有员工都加了工资，明显比H高一截，两家公司楼上楼下，本来就瞒不住什么，尤其对方还主动希望你知道。

  H的人资主管不淡定了，跑来对H说："最近员工的情绪有些不稳定，觉得干一样的活，楼下的人工资那么高，要不我们也给员工涨薪水？"

H还是否决了人资主管的提议，召集全公司的员工开了一个会，在会上，H说："我知道最近大家对薪水有点意见，主要是楼下影响了大家的心情，但是我想问问大家，我给你们的薪水低吗？与你们的付出不匹配吗？楼下确实给员工涨了薪水，但是盲目地涨和降都是不理智的行为，他们的高薪能拿几个月？稳定吗？当然，如果你真的觉得你的薪水低了，你付出的努力比我给的薪水多，你可以来找我，只要你有足够的理由来说服我，我立刻给你加薪。"

H的话很大程度上安抚了员工蠢蠢欲动的心，但楼下很快抛来了橄榄枝——"拒绝低薪，我们欢迎你加盟"。这个消息悄悄在H的员工之间流传，大家都要养家糊口，很快，就有几个人想加盟到楼下，人资主管又一次跑过来："好几个人给我递了辞职报告，其他人也蠢蠢欲动，我看我们是否给大家加一次薪水呢？这样下去，人都被楼下挖光了。"

H一锤定音："已经递了辞职报告的不用挽留，加薪的事不必再提，你现在要做的事，就是赶紧给我去招人，她挖十个，你就给我招十个，她挖五十个，你就给我招五十个，我倒要看看她那里到底能够吃得下多少人。"

很快，楼下就人满为患，停止了挖人。H的员工见她如此淡定坚决，也不再想着加工资的事，但此时，H主动提出给所有没被挖过去的员工加了薪水，表彰大家的坚定，而那些被挖过去的人却没有得到想象中的重用，甚至与原来的员工嫌隙颇深，很多人暗暗后悔冲动跳槽。

这一回合下来，H公司的凝聚力更胜从前，而楼下公司的组织架构臃肿，效率低下。第一个回合，H赢得无比漂亮。

楼下自然不会善罢甘休，很快就出了第二招。当时H所在的办公楼一层终于开放招租，H打算在一楼开个气派的旗舰店，一来离办公的地方近，二来进一步扩大品牌的知名度，当H买下东面的位置后，楼下立刻买下了西面的位置，也打算开旗舰店，两家的新一轮竞争一触即发，楼下请了最好的设计师和装修公司，热火朝天地开干了，打算抢在H之前就把店开起来，在楼下装修得差不多的时候，H也开始设计装修，只不过她打消了开旗舰店的念头，反而开起了烘焙和会员会所。楼下原本的打算是把H的生意抢过来，没想到H不按常理出牌，反而悠闲地开起了会所，来光顾她们店的客人很多都被吸引到H那里体验生活了，很多还成了H的会员，而她们的旗舰店反而成了为H引流的最佳场所，可投资了这么多钱的旗舰店又不能说关就关，差点把自己活活气死。

这一回合，H又赢得无比漂亮，楼下却越来越不淡定了，打算全方位打击H。

很快，她们就在渠道里相遇了，选位的时候两人同时选中了进门的那个位置。那个位置醒目，客流量大，如果只有一家想要，大概是30万，但如今两家都看中了，自然价格会高一些，预计是40万。

这次，H跟身边的人说："不能再让着她们了，这次我志在必得，就算是六七十万，我也得拿下。"H身边的人十分高兴，觉得终于可以扬眉吐气了。

两家都想要，渠道商也开始拿捏了，让她们公平竞争。H提议明标，谁出价高谁就得到那个展位，但楼下不同意，坚持要用暗标的方式，H大方地表示就按楼下的要求来。

竞标那天，两人在会议室相遇，表面微笑，实则暗涛汹涌。然后两人各写下一组数字，H写的是：40万。楼下女老板写的是：88万。开标的那一刻，女老板的眼神能杀死H千百回。

H优雅地出了大楼，抬头仰望头顶的蓝天白云，觉得这个世界真的好大。没多久后，楼下的铁青着脸出来了。

H优雅地对她说："恭喜你，如愿得标。"对方气得差点失态。

这几个回合下来，对方已经元气大伤，H以迅雷不及掩耳之势占领了另几个渠道。此时楼下想做什么都已经来不及了，最重要的是此消彼长，两人的实力已经慢慢拉开了差距。

而此时，组织架构的问题开始凸显，H的公司人员精干，办事效率高，责任明确，一派欣欣向荣的景象。而楼下人员数量庞大，钩心斗角，遇事又相互推诿，业绩每况愈下。

这时候楼下女老板想要挽回颓势也已力不从心，愤怒中的她决策接连失误，无疑是雪上加霜。

最终，H赢得了最后的胜利。对于这个过程，我佩服得五体投地，难怪这几年来H在这样的竞争下，不但保存了实力，还稳步发展，一步步坐实了自己的地位。

我由衷地对她说："这一仗，赢得漂亮，处处四两拨千斤，你仍毫发无伤，对手已溃不成军。"

H喝着咖啡，笑得云淡风轻："比的不过是谁内心更强大而已，面对疯狂的对手，只要接招，不死也伤，就算最后胜了，也不过是惨胜，必定元气大伤。人的竞争对手只有一个，那就是自己，更直白地说，就是自己的内心，所以她并没有输给我，她只是输给了她自己而已。一个人如果能够不为外界因素所困，那一定是人生的赢家。"

很多时候，当生活、爱情、事业给我们设置了一道道障碍时，我们溃不成军，以为自己输给了生活，输给了爱情，输给了事业，其实不过是输给了自己而已，输给了那个内心焦躁、忧虑、畏怯的自己。内心强大的人，无论在人生的哪个阶段，都不会过得太差，所有的障碍与考验，不过是日后多了一段宝贵的人生经历而已。

(04)

你是不是太早示好了？

一年前，我和先生去喝了章章和她老公的喜酒，婚礼上她笑得甜蜜灿烂，那种纯净幸福的笑容，我至今记忆犹新。

一个月后，我和闺密逛街时又遇到了章章，初为人妇的她白里透红，光彩照人，热情地拉着我们一起吃午饭。

刚坐下，我看着章章把七八个袋子放到一边，惊讶地问："买这么多东西啊？"

章章一个个地给我展示："这个是给公婆的，这个是给小姑子的，这个是给侄子的，这个是给老公的。"

我随口问："那你的呢？"

章章一愣："今天拿不下了，下次我再买自己的。"

闺密心直口快："你对你婆家人倒很大方啊！"

章章一听，笑得十分幸福："都是一家人嘛，而且他们对我也很好，所以我要做个好媳妇，好好对他们。"

这顿饭，章章自然是主角，我们听她眉飞色舞地和我们分享婚后的幸福生活，她说老公对她很好，温柔体贴，公婆也很喜欢她，以前常听人说婆媳关系是天下第一难处的关系，没结婚时都听得心惊胆战了，没想到结婚后能相处得如此融洽，公婆性情好，为人好，很包容她这个小辈，难得的是夫家其他亲戚也很好，个个热情大方，很好相处，她简直太幸运了。

我们也为章章的幸福高兴，但我毕竟已经不是十八岁的小姑娘了，不会以婚后一个月的生活来判断未来长达几十年的生活。

章章满怀憧憬地向我们描述未来的生活，她有一手好厨艺，这在80后、90后的姑娘当中是十分难得的，公婆知道她还烧得一手好菜时也很惊喜，所以她打算以后每个周末都花一天时间，精心烹调出一桌美味佳肴请夫家的亲戚过来品尝。章章给我们描述的画面是这样的：一大早她就去市场购买很多新鲜的食材和水果、零食，然后亲戚们陆续上门，大家一边吃着水果、零食，一边聊天，然后她把一道道美味端上桌，亲戚们尽情品尝，然后交口称赞，公公婆婆也觉得很有面子，他们家有一个贤惠能干的媳妇，一家人其乐融融地生活在一起，画面温馨而有爱……

看着章章无限向往的神情，浮现在我脑海里的画面却是这样的：章章一大清早去市场，大包小包地拎着很多食材回家，累个半死，如果老公愿意帮忙一起购买的话，可能稍微好一点。然后亲戚们在客厅里聊天吃零食，她一个人在厨房挥汗如雨地忙着。到了饭点，终于做好一桌饭菜，然后一盘盘地端上来，而亲戚们三三两两地聊着自己感兴趣的话题，估计也没多少心思来称赞她，即使有，最多也就是说几句场面话，大家忙着聊天，恐怕也没什么心情真心去赞美她。等亲戚们吃完后一起告辞，留下一地狼藉和无数残羹冷炙等着她来收拾。起先她还忍耐着，时间长了自然不愿意了，谁的付出都需要被肯定，可是结局与自己原先预想的实在相差太远，章章自然不愿意再这样招待亲戚了。可是亲戚们已经习惯了章章的贤惠能干和大方，她突然转变态度，自然意见不小，私下里少不了嘀嘀咕咕：看到没有，没多久就露出本性了，怎么找了这样一个媳妇啊？公婆本来对媳妇日渐"懒散"心里就已不满，再一听这些话，心中的不满就发酵了，而章章本来就积了一肚子怨气，也需要发泄，战争自然而然就爆发了……

此时的章章完全沉浸在自己的画面中，我隐晦地告诉她，也许结局未必会跟她想象的一样,当别人习惯了她的付出,就会把它当成一种习惯,一开始保持适当的距离更利于以后的生活。章章听了有些不高兴,认为我把人性看得过于阴暗了,人心都是肉长的,只要自己真心付出,一定会相处得无比融洽。

我笑笑,不再多言,真心地祝福她未来的生活幸福如意。

出了门后,闺密跟我感叹:"又是一个傻姑娘!现在跟她说什么估计都听不进去,生活会告诉她现实和想象是两回事。"

没想到闺密脑补的场景和我一模一样。但我内心还是希望我们两个判断失误,毕竟天下间彼此珍惜对方付出的人也不少见,我以前的一位同事和婆婆的相处真的可以用亲如母女来形容。我与闺密的性格都属于自保型,本身就偏于冷静理智。

之后的几个月里,章章会跟我说些他们相处的情景,渐渐地,越来越少了,而我忙着自己的事,慢慢地也淡忘了。

大概在一年后,我突然接到章章的电话,她在电话里恨恨地跟我说:"晚情姐,他们一家都不是人!"

我心里一凉,惊觉我之前的预感也许应验了。果然,章章无比气愤地跟我讲了她这一年来的生活。和我原先预计的相差无几,更令她心寒的是:当所有人指责她的时候,连她老公也觉得她的表现大不如从前，对她相当不满，甚至还提到了离婚。她哭着问我："晚情姐，你知道我真的很想跟他们好好相处的，我很努力地去做了，我很多朋友做得还不如我，可是她们都过得好好的，我怎么会碰到这样一家人，我到底做错了什么啊？"

章章的故事我并不是第一次遇见，如果非要说她有错，大概就错在太早示好了吧！

其实这样的错误大部分人都犯过，睿智如我先生也不例外，记得先生刚和我父母接触时，恨不得表现所有的好，恨不能让我父母觉得他比亲生儿子还可靠，每天都向我打听我父母最近有什么需要。确实，我父母对他赞不绝口，在最短的时间里接纳了他，先生得意非凡地对我说："你老公与人相处的能力是不是一流啊？"

我却很认真地告诉他，这样的相处令我很担忧，我认为他对我父母只需做到80分即可，先生并不明白我的意思，还笑着问我是不是他和我父母关系太好，我吃醋了。

我一脸抽抽，反过来问他："你能做到一辈子像现在这样热情吗？如果你一直表现得像现在这样，以后他们有任何事找你就会找成习惯，他们习惯了你现在的热情，如果以后你做不到了，那么你前面的付出有可能就归零了，甚至比什么都没做更糟，你能接受吗？"

先生愣住了，那段时间，他特别希望我们能够非常完美地处理好与对方父母的关系，每次送给他父母的东西，都以我的名义来进行，确实，婆婆对我很是满意，我几次暗示他别这样做，先生非常不解，认为像他这样默默把一切打点好的丈夫上哪儿去找。

那一次，我非常认真地告诉他："我并不是不想对你父母好，但是我不想在一开始就表现得无比热情，也许短时间里我们会相处得很融洽，但是从长远来看，未必是好事，因为我做不到永远无比热情。"

先生是个聪明人，一点即透，我们很平稳地度过了那段磨合期。当后来我们看见很多朋友因为家庭关系而烦恼伤神的时候，他庆幸地说幸亏我那时非常冷静。

很多婆媳问题严重的家庭，在一开始的时候都相处得不错，其实这也是人之常情，刚进入一个陌生的环境，总是希望展现最美好的一面给别人，但是我们可能忘了，每个人都是凡人，不可能永远保持一开始的热情，时间长了必然会疲惫，谁也无法逃离这个定理，熟了放松了以后，很多话就不会再忌讳，往往不经意之间就脱口而出了。可姻亲关系毕竟不同于血缘关系，往往因为一句话，所有的付出就付之东流了。

中国人很喜欢追求形式上的完美，比如希望婆媳之间亲如母女，岳婿之间亲如父子，但是我认为这只能看缘分，事实上绝大部分人是达不到的。没有前面二三十年的相处，彼此的观念、性情几乎都是不同的，怎么可能因为一纸婚约就能亲如一家人呢？彼此之间能够接纳，能够相互尊重对方的观念与生活方式，已是最美好的结局了，其他的，只能顺其自然。

另外，太早示好或是过于示好还容易产生一个后遗症。我经常听到很多姐妹向我抱怨身边的人太过分，但是这些人并不是生来就过分，而是那些"好人"成全了他们的过分，所以他们才会变得过分。

曾经，我一位很要好的朋友吞吞吐吐地向我打听，某某（我们共同认识的另一位朋友）对我如何，有没有很过分的时候。我仔细回忆，坦白回答说某某对我挺不错，并没有什么行为让我很不高兴。她大为惊讶，然后告诉我一些她们相处中很极端的事情，最后她感慨道："我以为她对所有人都这样呢，原来是看人下菜碟的，也许是我这种好说话的性格才造就了她的过分。"

有人说过，纵容过分的人比过分的人危害更大，大概就是这个道理了。

（05）
观念不同，不必强争

傍晚，我在小区的花园里散步，一位热心的大妈跟我聊天，得知我还没有孩子，立刻拉着我的手说："闺女啊，跟大妈说实话，是不是身体有问题，大妈认识一位老中医，可厉害了，我儿媳妇就是吃了他开的偏方才给我生下了一个大胖孙子的，我回去找找那方子还在不在，你等着啊！"说着，她就要回家给我找方子去了。

我连忙表示自己身体很健康，只是还没有做好要孩子的准备。

大妈嗔怪地拍拍我的手："傻闺女，女人这辈子最重要的就是结婚生孩子，而且一定得生个儿子，我们这个小区的人都不穷，男人有钱就容易在外面找，你要是不肯生，他找别人生了你怎么办？听大妈一句劝，给他生个大胖儿子，这样你的地位才稳当，老来也有依靠，不然以后谁给你养老送终啊！"

虽然我觉得这位大妈的观念很过时，但是我看着她紧张的样子，觉得很好玩，故作为难地说："那万一我生的是女儿怎么办呢，他不是还得找外面的人去生吗？"

大妈一听，立刻说："这有什么关系？咱们继续生，直到生出儿子为止，闺女啊，你可不能让别人有机可乘啊，大妈看你顺眼，所以才跟你说真心话。"

我笑着谢谢她，表示会把她的话放在心里的，大妈又叮嘱了我一番，才放我离开。

回家时先生已经下班了，我笑着把与大妈的对话跟他说了一遍。先生问我为什么不跟大妈辩论一番呢，告诉大妈现在的年轻人想法已经不同了。

可我需要这么做吗？我跟她只是萍水相逢，无论她持什么样的观念，都不会对我的实际生活造成影响，最多在小区偶遇之时，再听她"奉劝"我几句而已，于我并不是什么了不得的大事。

相反，如果我跟她辩论的话，大妈绝对不会认同我的观念，她会认为我不听老人言，吃亏在眼前，而后搜肠刮肚找各种例子来说服教育我，如果我不接受，她会觉得我不识好歹，最后两人不欢而散，莫名其妙地生一场气，然后各自坚持自己原先的生活观念。

前不久，我的闺密当当组织了一个定制团，邀请我一起参加。十几个人中，有的有孩子，有的没孩子，不知怎么的就聊到了孩子身上，有孩子的认为：孩子多么可爱啊，虽然带孩子的过程很辛苦，可孩子是生命的延续和希望，如果没有孩子，老来孤苦无依，对影成三人，多么凄凉啊！言外之意是：不知道你们这些女人怎么想的，竟然不要孩子，等老了你才知道后悔，但那时候后悔也来不及了，就等着羡慕吧！没孩子的认为：养个孩子太费钱，还要搭进去大把时间，干什么都被吊死了，养个孩子起码苍老五岁，何况养得好还成，万一弄出个败家子，那真是要命了，还谈什么天伦之乐，简直就是死不瞑目，还不知道谁羡慕谁呢！

本来要不要孩子完全是个人选择，喜欢孩子的就去养孩子，不喜欢孩子的就只管自己玩，双方谁也不可能碍着谁。但人类的求同本能实在太厉害了，双方都极力向对方证明自己的选择才是正确的，自己的生活才是最好的生活，谁也不肯相让。最后，离吵架也差不远了，如果不是当当及时调停，绝对会闹得不可开交，但之后的行程就分成了三派，有孩子的一派，没孩子的一派，我和当当自成一派，那两派摆明了与对方不是同一路人，路上，当当跟我感慨，下次绝对要和观念相同的人玩，否则就成灭火器了。

当时我也感慨不已，深觉不值，这么坚持对方也没被同化，还生了一路的气，白白浪费了这大好时光，何苦呢？

可我们大部分人在生活中不就是这么干的吗？宁愿杀敌一千，自损八百，也要争个高低短长。

经常有姑娘跟我抱怨婆婆简直就是从远古走来的老顽固，观念陈旧得要命，经常跟她争个面红耳赤，问我该怎么办。我一直在想，到底有什么办法可以解决这种矛盾。但分析来分析去，发现最好的办法就是不跟她争辩，她说你就听着，然后继续按照自己的想法生活，时间长了，她知道你不听她的，但是不跟她争辩，她也找不到错处，渐渐地也知道拿你没办法。当然，我也知道要忍受一个人长期试图把她的观念强加给自己是件多么痛苦的事，但这正好让我们知道"己所不欲，勿施于人"。

争辩中没有真正的赢家，即使其中一人口才了得，思辨过人，滔滔不绝，遥遥领先，也只是言语上占了上风，对方该怎样还怎样，甚至更加坚持原来的观点。一个人持什么样的观念，跟她周围的环境和自身的经历有着莫大的关系，绝不可能因为别人几句话就改变自己坚持了几十年的观念，那既不现实也不可能。

一个人认同某种观念，也必然受过这种观念的好处。当她感觉到这种观念给自己的生活带来的都是不便，自然而然就会寻找更合适的观念。就像小区的那位大妈，她生活的年代与我不同，也许在她那个时代周围的人都是这么想这么做的，所以她认为秉持这种观念对自己最有利。观念不同，没有对错，甚至不能说谁比谁的更好，只是各人的际遇不同而已。

这几年来，我遇到了很多女性朋友和我探讨婚姻情感问题，但我一直秉持一个原则：无论对方的生活是什么样子，只要她没向我抱怨求助，我都不会随意去评价她的生活，无论她的婚姻有多糟糕，丈夫有多垃圾，她不肯离开自然有不肯离开的理由，我并非当事人，很多细节并不清楚，既无资格也没必要去评价。除非她需要我的意见，我才会发表我的观点，即便如此，我也会时时提醒自己要客观，尽量避开自己的个人好恶。

在讨论过程中，如果对方不接受我的观点，我会及时打住，因为心里很清楚，认同我的人，寥寥数语，早就引我为知己，不认同的人，即使我再滔滔雄辩也无用。争来争去，伤了和气，也达不到目的，只是两败俱伤而已。

以前我认识的一位女领导，特别喜欢聊工作以外的事，但凡别人有不同意见，必定要说到对方认同为止，很多人迫于她的领导地位，当面几乎没人敢跟她争，但心里大多不服气，这种不服更带到了工作上，大家都相互传递着一种做法：阳奉阴违。

前年，这位女领导退休了，她突然发现，竟然没有一个人愿意跟她说话。

观念不同，不必强争，尊重别人的过程正是自身强大的过程。只有内心虚弱的人，才需要别人事事认同自己，而那些内心成熟强大的人，从来不会强求别人认同他。越强大的人，越能包容各种观念，而他的强大正是因为吸取了各种观念的精华，最后浓缩成了自己独有的观念。

而且，观念本无好坏之分，只不过某种观念适合某个时代，某些观念适合某类人而已。能够长久和谐地相处下去的人，都是观念接近的人，那些观念不同的人，就是我们人生的点缀，不然这个世界怎么会这么丰富多彩呢？

（06）

姑娘，千万别有下嫁心态

我南京的朋友高洁一心想嫁一个玉树临风的男子，但命运似乎喜欢跟她开玩笑，她连续交往了两个高高帅帅的男友，最后都辜负了她，她三十岁那年，一个比她大八岁并且有点丑的男人追求她，两人别别扭扭地交往了两年，最后还是步入了婚姻的殿堂。

结婚后，老公对她疼爱有加，关怀备至，但高洁并没有感动，认为这一切都是理所当然，自己嫁给了他，他理当如此对待自己。从此，高洁过上了女王一般的日子，她的工作非常清闲，下班回家后就坐在客厅看电视，等老公回来做饭给她吃，吃完上网，一切家务由老公全包。半年后，她打算备孕，干脆把工作辞了，白天老公要上班，无法陪她，她干脆把自己的母亲接了过来，一来照顾自己的生活起居，二来可以做伴。

母亲过来后，看见女儿如高高在上的女王，女婿如一个仆人一般，她并没有像一般母亲一样，为女儿取得绝对的地位而沾沾自喜，而是严厉地问高洁："你们本是夫妻，夫妻就该相互扶助，阿文为你做这做那，你又为他做了什么？"

高洁说："我嫁给了他，他就知足吧，再说他还没说什么呢，您倒先说我了。"

母亲带了怒色："你要是不满意，可以不嫁，但嫁了就不要觉得自己下嫁了，从结婚到现在，你给过他关心吗？为他做过什么吗？你总是觉得自己年轻，愿意嫁给他对他是种恩赐。阿文是个好人，他可以包容你一个月，可以包容你一年，甚至五年十年，但他能够包容你一辈子吗？谁都是人，谁都希望被人关怀。十年后，你不再年轻，那时候你还有什么？阿文对你疼爱有加，关怀备至，他是个好老公，我觉得不是他高攀了你，而是你高攀了他。你要是一直这样，十年后他如果提出离婚，我不会站在你这边。"

高洁被母亲骂得很不爽，但冷静下来，她知道母亲是为了她好，也说得在理，自己确实做得有点过分。

母亲见她受教，脸色好看了些，语重心长地对她说："高洁，不管你是公主，他是随从也好，还是他是少爷你是丫头也罢，只要你们结了婚，就是平等的两个人，如果做不到这一点，这个婚姻不会幸福。"

在母亲的督促下，高洁开始改变自己对老公的态度，老公做饭时，她在一旁打下手，并且开始跟老公学习做菜；老公扫地时，她去擦桌子；老公下班回来，她会关心地问他工作累不累。

放低姿态后，她惊讶地发现老公有很多优点：他宽厚包容，每天上班那么辛苦，回家还要做这么多事，却从来没有抱怨过一句；他细心体贴，总把自己照顾得无微不至；他善良重情，自己明明对他很差，他却从不计较，无怨无悔地付出。这么一来，高洁开始心甘情愿地对他好，老公发现高洁的变化，除高兴之外，比原先更珍爱她。

上个月我去看她时，她庆幸地对我说："幸亏当时我妈骂醒了我，否则也许我会失去一个好老公。"

高洁有一位睿智的母亲，这是她最大的幸运，而我另一位朋友雨虹就没这么幸运了。

我和雨虹十几岁就认识，当时我们都念高中，同班一位男生蒋杰对她爱慕有加，为她买早饭，打水，背她去医院，风雨无阻地整整追求了她三年，把我们身边每个人都感动了，除了雨虹。因为雨虹喜欢班长，班长学习成绩好，高大帅气，从开学第一天起，雨虹就暗暗喜欢他了。可是班长并不喜欢雨虹，只是一门心思想考大学。雨虹像蒋杰喜欢她那样喜欢着班长，甚至努力和班长考到了同一所大学，但是直到毕业，班长也没有爱上雨虹。

雨虹很失落，但她并没有放弃，她相信，总有一天，班长会被自己的痴情感动，但是，班长没有，正如蒋杰没有感动她一样。两年后，班长娶了同公司一位女孩，雨虹才渐渐死了心。在她伤心难过时，蒋杰一直陪在她身边，不知是被蒋杰十几年的爱感动了还是其他什么原因，一年后，雨虹和蒋杰发来了请帖，大家都为他们这一对能够修成正果而高兴，蒋杰更是在婚礼上笑成了一朵花。

但是三年后，同学圈里就爆出一个新闻：蒋杰出轨了！

女同学们义愤填膺，觉得男人一旦到手就不珍惜，当初是怎样辛苦才追到手的，不过几年而已，就移情别恋了。有同学私下为雨虹不值，当初无论是学历还是工作，雨虹都远超蒋杰，没想到他事业刚刚有所起色，就这么忘恩负义。那段时间，蒋杰成了班里人人鄙视的对象。

我去看过雨虹，她非常愤怒，对我说："当初，是他死乞白赖地追我，一追十几年，你们大家都看到了，当初他什么都不是，我没嫌弃他，现在我老了，他倒嫌弃我了。"

雨虹说她没嫌弃他，但我从她的语气里，听出了深深的嫌弃。

大概半年后，我在机场碰见了蒋杰，他的身边跟着一个小巧温柔的女孩。他看见我不好意思地介绍："这是我太太。我离婚了！"

不出意料的回答，我却还是忍不住地惋惜。他太太非常善解人意，自己去别处逛了，留给我们单独说话的空间。

蒋杰跟我说，他把所有财产都留给了雨虹，净身出户了。

他说："我知道很多同学都对我有意见，但他们不是我，不了解我的感受。我不想伤害雨虹，但我实在受不了了，我只能选择离婚。"

我知道，蒋杰会告诉我一些我们所不知道的真相。

蒋杰说："当初她接受我的时候，我真的高兴极了，以为这是守得云开见月明。即使我知道她是因为班长结婚，才选择了我，这都不要紧，我只想这辈子好好跟她过。但是结婚后，我才明白，这只是我一厢情愿，她根本看不上我，无论我多努力，多么挖空心思地讨她欢心，她都不会夸奖我一句。说出来不怕你笑话，我们结婚后，我在外面想牵她的手，她都不是很情愿，更不可能有喜悦的表情。我想着，可能是我不够优秀，所以她才会这样吧，所以我拼了命地努力，我想让她能够正眼看看我。一个没有背景没有权势的男人，要想取得一点成就真的很不容易，有多少辛酸只有自己知道，偶尔，我想跟她说说工作上的事，但她完全没反应，甚至会不耐烦地叫我安静点。我心里经常有两个声音在交战：一个声音说'这是我想要的婚姻吗'；另一个声音说'你那么辛苦才拥有这份感情，一定要好好珍惜'。我希望我下班回来的时候，她能给我一个笑脸，问问我今天过得怎么样，我真的不奢求她对我有多好，能够稍微给我一点点关爱，我都会无比满足。我这样说，你可能觉得我很没骨气，像一个摇尾乞怜的小狗一样，但这真的是我当初的真实想法。"

我并不怀疑蒋杰的话，在同学聚会时，我也见过他们几次，那时候我就觉得这两人不太像夫妻，太生疏了。

蒋杰继续说："就算我有再大的热情，面对这样冷冰冰的婚姻，我也会降温，渐渐地，我不再向她祈求爱与回应了。在和雨虹的婚姻里，我觉得自己就像是个被抛弃的流浪者，越到后来，这种感觉越强烈，我甚至觉得我做任何事都毫无意义，我找不到自己的存在感。我是个人，我也需要别人的关心和肯定，尤其是来自女人的肯定。后来，清清出现了，起初我并没有在意她，她只是我的助理而已，但是每天她会记得给我的茶里放上一把枸杞,她会记住我的喜好,她会很崇拜地看着我,会毫不吝啬地夸奖我,在她这里,我找到了作为男人的尊严和价值,慢慢地,我发现自己爱上了她,越来越离不开她。我不是想为自己出轨找借口,只是结束这样的婚姻,我一点也不后悔。从婚姻的忠诚角度来看,我对不起雨虹,所以我把一切都留给了她,一别两宽。"

当另一位同学指责蒋杰时,我把蒋杰的话告诉了同学,同学并不接受:"他追了雨虹十几年,那十几年来,雨虹对他本来就是这样的,他又不是不知道,怎么现在才有意见?"

没有一个人的付出是不求回报的,即使父母对子女也一样,虽然父母不要求孩子在物质上如何报答自己,但他们也要求孩子与自己感情亲近,何况男女之间的付出。

而雨虹并没有认识到这一点,她一直认为蒋杰还是那个苦苦追了她十几年的男生,她能嫁给他,就是给他最好的回报。

我接触过很多姑娘下嫁的故事,她们无一不是说:"当时我条件比他好多了,他要啥没啥,原本以为他会一辈子对我好,没想到这么没良心。"

但凡下嫁的姑娘,大多抱着这样一个想法:我各方面条件都比你好,本来我应该和更优秀的男人匹配,现在嫁给了你,你就偷着乐吧,作为回报,你得一辈子对我好。

她们总认为嫁一个条件不如自己的男人，这个男人就应该感恩戴德，一辈子任她驱使，像对待公主一样地捧着她，这个男人得赚钱，做家务，并且永远不会背叛自己。

但最后能实现这个目标的姑娘不多。一个男人也许在追求阶段愿意无条件付出，不计较女方对他的态度，而当他成为丈夫的时候，他必然会要求妻子在生活上关怀他，在情感上温暖他，因为他的角色已经变了，自然会有不同的需求。

一般有下嫁心态的姑娘，非常容易遭遇伴侣出轨。觉得自己下嫁的姑娘从一开始就认为对方高攀了自己，这种观念固执而强烈，即使对方后来取得了成就，她也不愿意公平对待他，她会把对方的成就归于自己。有的姑娘娘家条件比较好，会明里暗里提醒对方：要不是我，你会有今天吗？你要记得我的好处，否则就是忘恩负义。她愿意享受对方给她带来的更好的生活，但却不愿意承认对方的进步，因为如果承认，她就无法任意驱使他，她已经做惯主公了，她不愿意接受两人平等，甚至男人此时已经比她更优秀的事实，她会选择忽视，一直停留在当初下嫁的那一刻，并且要男人也时时记住。而男人一直得不到来自妻子的肯定与欣赏，时间长了，他也慢慢懂了：她不爱我，即使她嫁给了我，她还是不爱我。当他遇到另一个对自己温柔有加、倾慕不已的姑娘，他会找到久违的温暖，然后一发不可收拾。

最可怕的是，男人经历了这么多年的冷暴力，他心中有怨有恨，出起轨来心安理得，甚至有种报复的快感：你不爱我，有人爱我，你当我是草，有人当我是宝。而此时的女人会反复提醒他记得当初自己下嫁的"恩惠"，别"忘恩负义"，而这一点已经是男人最不愿意面对的事实，只要对方一提，他就会想到自己曾经的日子多么屈辱，最后甚至恩断义绝。

所以我经常奉劝很多姑娘，不要因为条件好而折腾伴侣，他在你身上付出了多少，最后他会以各种形式讨回去的。

婚姻中的双方无论当初结合时条件有多么迥异，都要明白一点：双方在婚姻中是两个人格、灵魂完全平等的人。只有这样，才能客观地看待对方的优点与缺点。一个男人最需要的是来自伴侣的肯定和赞美，这比伴侣的照顾和关怀还重要，是他作为男人存在的价值，只有做到了这一点，男人才会真正地感激你。

(07)
婚后第一年，你该做什么？

周末，一位许久不见的学姐约我喝茶聊天。因是同一个地方考到上海的，感觉特别亲切，即使我们不同届，也经常去对方寝室玩，偶尔家里送来家乡特产，总会想着给对方送去一些，所以关系一直不错。

毕业后，我们各奔东西，很少再见面，在参加过她的婚礼后，这几年一直不曾见面，只是偶尔在网上看见会打个招呼，有了微信后，联系才渐渐多了起来。

多年不见，彼此都有些变化，曾经的青涩都已不见，那些青葱岁月，早已是记忆中遥远的事了。

简单地聊了聊近况后，学姐开门见山地说："我这次约你出来想聊聊婚姻,其实这几年来我过得不幸福,很累,真的很累!"

我仔细地看了看她,我们只差两岁,而她似乎确实要苍老得快一些,我原本想这大概是有孩子与没孩子的区别吧,有孩子的女人要操心的事情毕竟多得多。

"我这辈子最大的错就是找了个奇懒无比的男人!"她恨恨地说。

我的脑海里浮现出一张斯文的脸,她老公我也认识,他们恋爱时我们还一起吃过几次饭,印象中那是个非常清爽干净的男人,一点也不像很懒的人啊!难道是人不可貌相?

她见我露出怀疑的神色,就给我举了几个例子。比如她老公吃完饭绝对不会想着要洗碗,就算她出差几天,他也不会洗,全部扔在厨房里,等她出差回来就会看见水槽里放着一大堆油腻腻的碗,让人反胃。如果两个人在家,所有的家务都是她一个人做,买菜、做饭、洗衣、拖地、照顾孩子,她老公要么在客厅看电视,要么在书房玩电脑,即使她忙得满头大汗,他也无动于衷,从来不会过来帮她一把,甚至还会嫌她拖地遮挡了他看电视的视线。为此,她发过好几次脾气,每次吵完之后,他会勤快几天,但很快就会原形毕露,到后来,吵架也没用了,他会选择出去找朋友透透气,把她一个人留在家里气个半死,却不知道怎么办。

她叹了口气说："其实我好几次想到离婚，但是气消了这个念头也就退了，毕竟还有个孩子。你说要是他出轨什么的，我也可以干脆地离开，但他也就是懒，平时赚的钱还是会给家里，生活作风也算正派。我身边的朋友都说，人无完人，叫我包容点，男人基本都这样。"

基于我以前对她老公的认识，我始终觉得那是个很不错的男人，一起吃饭时，他对学姐和我都很照顾，行为举止虽说不上有多绅士，起码也没什么让人挑剔的。

我问她："他一开始就这样吗？"

一提到这个，她就来气了："如果他一开始就这样，我怎么可能跟他结婚啊？恋爱那会儿他可勤快了，每天一大早就给我送早餐，我换寝室他忙前忙后，还给我收拾得干干净净，自己的寝室也收拾得挺好，所以我做梦也没有想到他会这样。"

我继续问："那他什么时候开始变得很懒呢？刚一结婚他就这样懒吗？"

她仔细回忆了一下说："那倒没有，刚结婚那时候，他也很勤快的，我洗衣服他晾衣服，我做饭他洗碗，后来慢慢地就成现在这样了。"

我请她回忆一下这种转变的过程。她沉吟了一会儿说："刚结婚那会儿，我们感情很好，他很体贴我，我希望他能够有更多的时间发展事业,所以家务就不太让他插手了,再说了,毕竟他是个男人嘛,天天在家干家务也不像话,所以他渐渐不再染指了。可是后来有了孩子后,事情越来越多了,他也不知道帮我一把。"

我忍不住在心里叹了口气,几乎很多夫妻的矛盾从结婚头一年就埋下了隐患。结婚第一年可以说是整个婚姻生活里最重要的一年,大多夫妻间的相处模式基本都在这个时期形成,可以说一旦形成就很难改变了。

大多夫妻结婚第一年,正处于蜜里调油的时候,怎么看对方怎么顺眼,怎么疼对方怎么不够,恨不得展示所有的好。尤其是女人,初为人妻,大多都希望做一个好妻子,把丈夫照顾好,把家庭照顾好,和和美美地过一辈子。可是刚刚结婚的女人,并没有太多婚姻生活的经验,即使有母亲的提点,往往也不会当一回事,很少会冷静理智地去考虑未来几十年应该如何相处。

我的朋友童童刚和老公结婚时,老公连个碗都不曾洗过,婆婆拉着她的手说:"童童啊,我这儿子在家被我们宠惯了,什么都不会干,结婚后,你就辛苦一点,多包容他一点,你们两个好好过日子。"

童童后来对我说:"我很乖巧地应承了我婆婆,可是我心里想,您儿子是被宠大的,所以什么都不干,我还是我家的掌上明珠呢，婚姻是两个人的，哪有一个人付出的道理，我又不是跑来做保姆的。"

然后，童童开始了改造老公的工程，她若做饭，必定邀请他一起洗碗，原先童童以为要让这个十指不沾阳春水的男人干活需要费很大的劲，甚至已经准备好了若干方案，没想到这个男人相当配合。童童对他说："老公，我知道你在家什么都不干，连饭都要端到你手里，可是现在我们有了小家，我们两个都是平等的，以后家里的事，我们相互帮着做好不好？"她老公说："可以，不过你知道我不懂家务，如果我干不好……"童童赶紧温柔地说："没关系，我们慢慢来，只要你有这份心就可以了。"不管这个男人干好干差，童童都在一旁鼓励。后来，只要童童洗了衣服，不用招呼，他就自己跑过来把衣服晾好，吃完饭就会主动把碗洗干净。

在结婚前，童童的老公事事都听从于母亲，童童温柔地对他说："老公，你现在已经不是小孩子了，我们自己的事应该自己做主，如果我们家有什么事，你首先应该和我商量对不对？我有事也会第一个跟你商量。"

对方觉得她说得有理，慢慢把重心移向了童童这边。婆婆看见这些变化，自然很不高兴，觉得童童不但经常驱使自己的儿子，甚至还教儿子脱离自己，所以开始发难。但童童并没有像一般的新媳妇那样不好意思，默默隐忍，而是态度温柔、语气坚定地阐明了自己的立场，她对婆婆说："我对他很好，所以我也希望他对我好，如果婚姻只是要求我单方面付出，那我要这种婚姻何用？不如早早离婚来得干脆。"

婆婆没想到这个媳妇如此厉害，一时倒怔住了。不等婆婆做什么，童童老公先表态了，他表示完全支持童童的意见，婚姻本来就该相互对对方好，并且告诉母亲，现在他生活得很快乐，请母亲不要干涉他们的相处方式。婆婆不相信地问儿子："以前你在家什么都不干，天天有人伺候，现在每天干家务，你居然觉得很快乐？"

童童的老公很明白地告诉母亲，他觉得很公平也很快乐。

一年后，童童跟我说："我真的不敢想象，如果我延续了他母亲的做法，我现在的生活是怎么样的。如果我一开始用他母亲的方式对他，等我自己受不了了再去改变他，基本是不大可能了，他早就习惯了我对待他的模式，岂肯轻易改变？"

现在，只要童童洗了头，她老公就会拿着吹风机等着给她吹头发。一个月里特殊的几天，老公会把家务全包了，不让童童碰冷水。有什么事，他都会尊重童童的意见，两个人相处得和谐而温馨。

女人骨子里都有改变男人的欲望，如果说男人真的可以有所改变，那非这一年莫属，刚刚结婚的男人，其实和女人一样，对婚姻生活充满了新鲜感，很希望这段婚姻能够幸福美满地走下去。这个时候是男人非常愿意配合女人的时候，如果女人可以利用好这一时期，未来几十年的生活就会幸福很多。我们经常看到有的男人和父母生活在一起的时候十指不沾阳春水，但是结婚后在自己的小家里做得有模有样，其实就是这个道理，而且这些习惯一旦形成，他会一直持续下去。

可是很大比例的女性没有好好把握这一年，曾经有位姑娘跟我说，刚结婚时她就知道婚前老公的亲戚经常找他借钱，可是因为新婚，不好意思反对，更怕那些亲戚说自己小气，就隐忍下来了，最后终于积重难返。

婚后第一年，睿智的女性会确立和婆家人相处的模式，尽可能保持自己的本色，合则距离适中，相互关爱；不合则确立自己的原则，既不主动侵犯，也不随意让人视自己如无物。尤其是夫妻之间，睿智的女性会为家庭付出自己的精力，更会引导丈夫为家庭付出，未来长达几十年的相处基调，基本在这一年确立，因为她们知道，如果这一年没有做好，未来想改变，那是难上加难。

如果希望在婚姻生活里过得舒心幸福，那就好好把握这一年吧，记住：态度要坚决，语气要温柔。

(08)

你我生活不同,不必相互打扰

"人啊,其实各有各的追求,各有各的幸福,真的不必相互打扰。"这是我的朋友如娴痛定思痛后告诉我的。

想起那件事,我心有戚戚焉。

如娴这辈子最大的愿望就是有一个儿子一个女儿,用她的话说就是凑成一个"好"字。前两年,她生下儿子,本打算等儿子八岁的时候再要二胎。不料老天却急着给她送来了第二个孩子,夫妻二人一商量决定开心地迎接第二个孩子。当B超出来后,如娴偷偷告诉我:"医生说是个闺女。"

如娴的丈夫非常有能力,几年之内把一个十几人的小公司发展成了几百人的中型企业,老公赚钱老婆花,如娴的日子过得逍遥又舒服。

上个月，她在当地最好的医院生下了宝贝女儿，在意识恢复的第一刻，她就在群里给我们报喜：女宝，六斤七两，母女平安。

我们纷纷恭喜她，祝她心想事成。如娴嘱咐我们一定要参加孩子的满月宴，隔着手机，我都能感受到她的幸福和满足。而此时，一个不太合适的声音在群里响起："孩子一个都嫌多，如娴你干吗要一个接一个地生呢，两个孩子闹也闹死了，很快你就会灰头土脸，身材走样，你老公那么有钱，随时都有可能出轨，如果我是你，我现在就开始警惕了。"

说话的是另一个朋友H，H是某集团的高层，事业有成，很受领导器重，据说年薪已经升到七位数，是个不折不扣的职场女强人。

H的话也有一定的道理，但在此时此刻说，显然不是很恰当，其他人马上打哈哈地过去了。如娴气得不轻，打电话给我："你说她什么意思啊？嫉妒我还是诅咒我？这么见不得我好吗？"

我笑着安抚她："别生气，刚生完孩子呢，如果你觉得她说话你不喜欢听，满月宴别叫她去就是了。"

但如娴不是那种"惹不起，躲得起"的性格，她要让H参加,要让H看看两个孩子有多可爱,要幸福给H看。

于是,就有了接下来的事情。

满月宴那天,如娴的小女儿玉雪可爱,打扮得像个小公主一样,从一个人手里被递到另一个人手里,大家纷纷称赞如娴好福气,儿女双全。然后,H来了,有人把如娴的小女儿递到H面前:"你看,是不是好漂亮啊?你来抱抱?"

H嫌恶地退了两步,表示不敢抱这么小的孩子。如娴刚刚生完孩子,身材显得臃肿,H看到她,同情地说:"如娴,你以前身材多好,你看看现在腰都没了,女人啊,不能待在家里做黄脸婆,没几年男人就嫌弃你了,到时候你拖着两个娃,又跟社会脱节已久,哭都没地方哭。"

如娴上次心中的气还没消,又听了H这番话,终于忍不住说出了藏在心中已久的秘密:H的老公早已出轨,情人是个90后小妹妹,和他同一个公司,职位是公司前台。

如娴鄙夷地说:"你还是先担心你自己吧,基本上除了你不知道,该知道的人没一个不知道的。"话一出口,其他人想拦已经拦不住了。

H听到这个消息,呆若木鸡,整个人都僵住了,一双眼睛瞪得几乎要吃人。然后,她撕心裂肺地大吼一声。她老公不明所以,过来想看看发生了什么事,其他人早已识趣地避开了三米远。

一场满月宴最后以H夫妻大打出手告终。生性骄傲的H怎能忍受老公出轨这种事被当众揭穿，火速离了婚，从此和熟悉内情的人全部断绝了往来，她无法接受大家或探究或同情或看戏的表情，把自己封闭在一个小小的世界里，工作也不再像以前那样热情澎湃了。

如娴报了一箭之仇，但她几乎没感受到高兴就意识到事态严重了。原本H老公出轨的事是如娴老公无意中提起的，并且再三要求如娴保密，如今她以这样的方式在这样的场合下公布了这件事，老公对她意见很大，而其他朋友觉得如娴这反击实在太严重了，生生毁了另一个女人的生活，也不敢和她过于接近了。

这件事中，没有一个人受益。

我们的生活中，总会在最开心时出现一些不和谐的音符。当你买到一条喜欢的裙子，满心欢喜地接受别人的称赞时，突然有个人说："我觉得这条裙子很普通啊，还是宝姿的裙子漂亮。"也许说的人并不是真的嫉妒，可能她只是真的欣赏不了这条裙子，可是你原本的心情已经因为她的一句话而一落千丈了。当你因为老公送的一枚素金戒指幸福不已的时候，旁边有人把玩着自己的卡地亚戒指说你实在太容易满足了。当你因老公送的一朵玫瑰幸福时，有人晒出了一大束蓝色妖姬。

当然，还会有另一种情况，当别人因为恋人的一句甜言蜜语满足无比时，你闲闲地说："金星老师都说了，不是看男人说了什么，而是要看男人做了什么。"当一位姑娘满心爱恋地为恋人做了一份便当时，你语重心长地来一句："傻姑娘，付出越多，伤害越多。"

无论前者还是后者，总是轻易将原本的幸福甜蜜打击得支离破碎。我也经常接受某些"问候"，比如有的人会跟我说："男人没有一个不花心的，现在对你好，因为你还年轻漂亮，等再过几年看看。""没有一个男人不出轨，区别在于有的被发现了，有的没被发现，也许你老公早就出轨了，只是你不知道而已。"听了这样的话，我心里自然是不舒服的，但深知一来不会影响到我什么，二来我也管不了别人怎么想，通常只是笑笑，如果这样的话能够令对方得到满足，那去说便是了。

人们总是喜欢以自己的想法去衡量别人的生活，以自己的生活作为标尺，力求让所有人按照自己的意愿去生活，当出现不一样时，毫不留情地泼冷水、下断言，甚至以高高在上的姿态告诉对方："你的眼界实在太浅了，让我来告诉你，什么才是真相。"

殊不知，吾之蜜糖，彼之砒霜，就好比H，也许她真的不是想针对如娴，她只是觉得作为女人不应该待在家里生孩子，并且一直不工作，在H眼里，一个女人的价值在社会上，只有拥有自己的事业和圈子才是值得庆祝的事，她看不上如娴生两个孩子就满足的生活状态。而如娴觉得：你是女强人又如何，还不是老公出轨，自己蒙在鼓里什么都不知道吗？能有可爱的孩子，可比事业强多了。

什么是对错？什么是幸福？根本没有一个标准答案，每个人的生活不同，当下的环境不同，欲求也不相同。在某一时刻，看见太阳突然升起，会忽然觉得生活是多么美好；大病初愈之人觉得健康活着就是最大的幸福；历尽艰辛的情侣觉得只要相守就是最大的幸运；也有的人觉得生活富足就是最大的圆满。没有经历过的人可能无法体会，但这真的是他们内心最真实的感受，我们无法为别人的幸福加分，起码应该做到不去打扰他们。

不打扰别人的幸福，就是最大的仁慈，因为我们的幸福，也未必是别人眼里的幸福，同样不希望被人打扰。

(09)

我崇尚这世间任何形式的平等

最近,我们的心都被同一件事所牵动,朋友圈里几乎都是祝福祈祷的消息,我亦在朋友圈里写道:我们永远不知道明天和意外哪个先到来,想做的事、想去的地方、想要的东西,但凡力所能及的,就不要犹豫。

刚发出去没多久,就有很多人留言,大多是感慨生命脆弱,世事无常。其中有一条留言特别醒目:发生了这么大的事,你就这一句感受吗?你实在太自私了。

我刚看完,发现这个人又留了一条:你知道那些人有多可怜吗?反正你在家里,为什么不过去帮助他们呢?就算害怕污染,你也可以捐钱啊!

有共同的朋友回复她：你有空在这儿要求别人，怎么自己不去呢？

她说：我要上班啊，她又不用上班打卡，而且她比我有钱（我绝对算不上一个有钱人，只是相对于她一个月三千多的工资，她便觉得我有钱），比我有条件做善事。

朋友忍不住维护我：她捐的钱比你交的税都多，难道她做什么事都要来通知你一声吗？

我什么话都没说，默默地拉黑了她。

然后我上微博的时候，发现她又给我发了私信：你为什么拉黑我？你心虚吗？如果我是你，我肯定会捐很多钱给他们。你去看看那些视频，但凡有人性的人，肯定不会无动于衷。

我又一次屏蔽了她，而后，我发现她锲而不舍地跟到了我的公众平台：如果那些人是你的家人，你会不会倾尽全力去救他们？也许当你的家人出了事，你才会明白。

拜她所赐，我突然想起了另外一个人。那一年玉树地震，因为我先生信佛，所以我们约定见到乞丐或者天灾人祸，都尽一份力所能及的心意，也许不多，但总是一份善意。

自然，玉树那次也不例外。第二天，我和朋友逛街的时候遇到一位熟人，她老远就跑过来问我们知道玉树地震没，我们点点头，接着她问我们捐款了没，捐了多少，我老实回答，捐了五百。

当时，她用一副很吃惊的表情看着我："这么大的灾难，你居然只捐了五百？像我这种没钱的人都捐了两百呢。"

她的神情充满了一种理所当然的谴责，好似我干了一件多么见不得人的事。说心里话，我也知道五百不多，但从2008年以来，天灾人祸一直不断，汶川地震的时候，看到那么多人受灾，我们大多数人捐了好几次款，可是一次次的灾难，一次次的捐款，不可否认，我已不再像第一次那么尽心尽力，我相信大多数人的感觉和我差不多。

我本不想理她，但她并不打算就这样放过我，指指我手里的购物袋，言外之意便是我们爱心不够，应该把所有买东西的钱都捐出来。那时我还没现在的修养，顿时恶向胆边生，提出一个建议："既然你觉得应该以收入来衡量爱心，那我们各捐一个月收入，这样总算公平吧？"

结果如我所料她想也不想地就拒绝了，理由是她还要生活，还要养孩子，没有多余的钱，如果她是我的话，一定不会买这些没用的东西，肯定把这些钱全部捐给灾区人民。

她并不是单单对我如此，在过去的几年里，只要她看见哪里有谁得了绝症，哪里的孩子没钱念书，她一定会把这些消息发给我们，明示我们做好事的机会来了。起初，我们不以为意，甚至觉得她情操比我们都高尚。但是几次之后，我发现有些不对味，便开始不愿意配合了。而但凡我们没有按照她的意思做，便有很刻薄难听甚至是诅咒的话等着我们，比如等你们的家人得了绝症，你们能袖手旁观吗？于是，很多人纷纷拉黑了她，平时看见她，恨不得绕道走。

不过在十年前，我们都是朋友，当时我身边几个人的收入都差不多，不存在谁有钱还是谁没钱，论家境，她甚至要比我们稍稍好一些。

后来，好几个朋友都辞职自己创业了，有的开了烘焙店，有的成立了公司，当初我们辞职时，也曾邀请过她，但她觉得自己创业风险太大，不如上班安稳。人各有志，我们也不好勉强。

几年后，差距就开始显露出来了，当初自己干的朋友都拥有了自己的事业，收入自然也开始增长。于是，我们纷纷成了有"原罪"的人。

由于我出生于一个小县城，我身边有很多这样的人：他们的父母只是寻常的百姓，他们的家族里也没出过显贵，他们凡事只能靠自己，所以付出了比别人更多的汗水，成为了中产阶级，但他们一旦成功，便被身边的人理所当然地冠上了很多原本不属于他们的责任，一旦拒绝就成了没有责任没有良心。而做出如此要求的人却显得如此理直气壮、大义凛然——因为你比我富有，所以你应该比我多承担责任，父母应该你养，医疗费应该你包，子侄的未来你责无旁贷。殊不知，他们所有的成就都是自己努力奋斗的结果。

我从来不觉得人应该一样富一样穷，每个人的能力和环境总有差异，只要能力与奢望匹配，每个人都值得被尊重。很多人认为，"穷人"指的就是那些收入低的人，而我却认为"穷人"应该是指物质和精神同样贫穷的人。这个世界上有很多人，收入不高，但自食其力，努力为家人提供一份安稳的生活，他们没有太大的奢求，但求一日三餐温饱，家人平安健康。还有的人，出身普通，但心怀梦想，积极努力。每次看到那些环卫阿姨和心怀梦想的年轻人，总会带给我莫名的感动。

我更不认为人应该分高低贵贱，如果真要分高低贵贱，唯有灵魂得以区分之。

我崇尚这世间所有形式的平等，无论你是浑身奢侈品还是粗衣麻布，只要包裹在身体里的灵魂是高尚的，就值得所有人尊敬。无论你的成就是高是低，无论你是社会精英还是劳苦大众，只要你平等客观地对待自己和他人，就是这世间上最值得尊敬的人。

（10）姑娘，别误解了独立的含义

前几天，我分享了一篇文章，大意是女人要自立自尊，要多阅读多走走，开阔自己的眼界和心胸，丰富自己的精神世界，拥有一份自己喜欢的事业，只有经济独立才能实现人格独立，起码想买什么东西时，不用伸手问别人要钱。一位读者问我平时花不花老公的钱，我坦白回答：花，而且没少花。对方一听，语带不屑地说：原来晚情也只是纸上谈兵啊，你自己随心所欲地花着老公的钱，却叫别人要自立自尊，这不是自相矛盾吗？

这几年来，我一直在观察，发现中国女人两极分化特别严重，一种是奉行女权主义者，坚持认为：现在是什么年代了？

男人能干的事，女人基本都能做，所以必须提高女人的地位。她们化身为女强人、女汉子，与男人厮杀在人生的战场上，一决高低。接受男人的馈赠与帮助对她们而言简直就是奇耻大辱。这样的女人到了婚姻中也强势得一塌糊涂，经济独立，需要拥有绝对的话语权，但凡男人有所异议，就会引起一场战争，把男人治得服服帖帖才心满意足。

但是男人真的服服帖帖了吗？在《有多想要，就有多幸福》一书里我就写过一个故事，女方把男方看得死紧，丝毫不给空间，如果出差晚上十二点整必须用酒店的座机打电话，但男人最后还是出轨了，那个故事我只写到这里，并没有往下写。

之后的故事是这样的：男人出轨后，起初还担心被凶悍的老婆发现，但是后来温柔的女人对他的吸引力实在太大了，破天荒勇敢地提出了离婚。女方一开始大怒，但这更坚定了男人逃出生天的决心，他竟然再也不怕她了。这时候曾经彪悍强势的女人完全不知所措，早就忘记了面子不面子、女权不女权，低声下气温柔婉转地求男人回头，再三表示一定会改，但男人去意已决。

还有一种恰恰相反，她们在经济和精神上都无法做到独立，在生活中无法有尊严地活着。一开始，我以为无法独立的大多是不工作的家庭女性，因为没有经济支撑所以没有话语权，但是实际接触后才发现，很多女性拥有不错的工作和收入，有的甚至超过了对方，但在生活中却非常压抑辛苦。

记得两年前我碰到过一位年轻妈妈的求助，她说老公一点也不尊重她，对她很冷漠，总是挑剔她，无论她怎么讨好怎么努力，他对她也很少有好脸色，我以为她是个家庭妇女，所以她老公不尊重她，聊下去后我才知道她竟是某单位的三把手，事业做得非常不错。我试探着问她，如果她老公永远不改变对她的态度，会不会选择离开他？她想也不想地否定了，她觉得老公再不好，起码她有个完整的婚姻，起码家里还有男人，所以无论老公多么差劲，都不能离婚。我建议她应该让自己变得更自立，这样才能赢得伴侣的尊重。她说：我自立了啊，我收入比他高。这种思想很多女性都有，觉得经济上独立了一切就OK了，可当她们遇到问题时，完全不知所措。

无论哪一种，都只是不懂得两性相处之道而已。

只有很少一部分人才能平衡好自立与女性这个本位角色。中国从来不缺乏女权教育，也不缺女奴教育，缺乏的是女性教育，教会我们如何真正地成为一个睿智、幸福又让人如沐春风的女人。学校的老师没有，老师只教知识，即使有思想品德课，也是教如何善良勇敢，绝不会教我们怎么处理婚姻中的各种问题。我们的父母也没有，就算母亲大多也只是教女儿如何镇压住男人，或者如何宽容忍让，更多的母亲是劝导女儿：一定要找个脾气好的男人，这样才会包容你。而没有教女儿该如何自立。

当然，我的母亲也没有教过我，二十几岁的时候，我对独立的理解和大部分姑娘一样。记得刚和先生在一起时，他送了我一个两万的包包，我不喜反恼，问他：我有这么拜金吗？如果我真的喜欢，自己会买。即使到了谈婚论嫁时，我依然和他算得清清楚楚，他给我多少钱，我基本不会动。当时会有这样的反应，很大程度上是担心他看轻我，所以他送我什么，我咬紧牙关也要送他差不多价值的东西，搞得他很郁闷。

甚至在结婚之前我还跟他约法三章，我用不容商量的语气跟他说：我讨厌家务，所以结婚后我是不会干家务的，尤其是做饭；我向往自由，婚后你不能约束我，反正只要我不出轨，其他的我想干什么就干什么，你不能反对；还有我怕麻烦，有人说婚姻是两个家族的事，我始终认为婚姻是两个人的事，所以是否参加家族活动，要看我心情，不能逼我去面对七大姑八大姨的，否则我很快就会受不了。如果你不能接受，现在离开我还来得及。

先生当时愣了一会儿，只说了一句话："也好，事先说清楚，总比欺骗我好。"

婚后，这个男人果然兑现了承诺，但我却很快推翻了自己那三条原则。有一次，阿姨请假一个星期，家里很快就失去了整洁，我对这一切熟视无睹，先生回到家后，整整收拾了三个小时，把家里弄得干干净净，事后，我有点不好意思地说："你辛苦了！"

他宽厚地笑笑："既然你不喜欢干这些，那我来干吧！"那一刻，我有点自惭形秽。

后来，朋友圈里很多姑娘晒自己为爱人做的菜，起初我并没有太大的感觉，但是渐渐地开始向往起来，后来这个念头越来越强烈。终于有一天，我绾起头发进了厨房，在阿姨的帮助下，做出了八菜一汤。那天，先生比我还高兴，他说这是他吃到过的最好吃的菜，比七星级的大厨做得还好吃。那一刻，我突然觉得，再独立也不能失去了女人的温柔，看到他心满意足吃菜的样子，我比他还幸福。

现在，他出差前我会主动帮他整理好要带的衣物，他回来吃的第一顿饭，一定是我亲手做给他吃的，两边的家族关系，我也处理得很是融洽。

我自己认为，现在的我比以前的我可爱多了。以前的我自认为很独立，其实只流于表面，那是一种肤浅和自私。先生用耐心和行动帮我纠正了思想上的狭隘与偏差，让我明白付出自己的爱、接受对方的心意和独立并不冲突。

现在，我所理解的独立，是有能力选择自己想过的生活，更是有勇气对自己不愿意的事say no！而不是如何不需要不依靠男人。

我认识一位大型集团的女主任，她能力很强，在38岁之前一直未婚，多少人介绍、多少人催促、多少人在背后说三道四，但她从来都一笑置之，似乎这些声音从来没有存在过，一直做到总监。

当所有人以为她这辈子大概不会结婚了的时候，她却突然跟另一个集团里的车间员工结婚了。当时真是炸开了锅，多少人拿她当反面教材：看到没有，年轻时不好好把握，现在只能跟个车间员工结婚。有的甚至问到了她跟前，她只笑笑说了一句："和你有关系吗？"

没过多久，她怀孕并且辞职了，刚刚消停的议论又起了波澜：好好的辞职，估计是没脸待下去了吧？就算再不济，也不能这样瞎找啊！

可是这些完全和她没有关系。因为之前打下了很好的物质基础，她专心致志地当起了孕妇，老公对她很是疼爱，有人对这一现象又有微词了：你当她老公真对她好啊？还不是看她经济条件不错。但他们愣是恩恩爱爱过了好几年，最后，不服气的人也服了。

但是更令人惊叹的还在后面，当别人以为她就这样过下去了，她却重新杀入了职场，做得风声水起，那几年当全职妈妈似乎一点也没影响她的专业能力，不得不使人赞叹。有一次，我和她喝咖啡时，请她给这些年做一个评价，她悠悠地说："我不过是做了自己人生的主人而已！"

我不禁心生钦佩。

我刚毕业时，曾上过几年班，当时另一个部门里有一个36岁未婚的姑娘找了个比自己小15岁的男朋友。那段时间，公司里很多人看笑话，养小白脸的说法传遍各部门。有一次，我和闺密在吃饭时正巧碰到他们俩，为怕她尴尬，我本想装作没看见，但她却笑着叫住我们，落落大方地介绍道："这是我男朋友！"倒显得我们原先想避开的做法很可笑。

这种年纪上的巨大差异，比女总监选择车间员工还不被人看好，当时包括我都认为他们迟早得分手，因为我觉得那个男生实在是太不成熟了，女方迟早都会觉得太累，但是过了几年后，闺密告诉我，他们生了个儿子。有一次，我在QQ里碰到她，她很高兴地告诉我，这几年来，他老公也成熟了不少，尤其是当了爸爸以后，知道要担负起责任了。我叮嘱她一定要让自己幸福,她明白我所指为何,爽朗地说:谢谢你的关心,现在我40岁,他才25,等他35的时候我已经50岁了,很多人都担心那时候他会不要我,但是同龄人离婚的也比比皆是,当下我能够按照自己的想法生活,就够了。

当时我就放心了,能够这么洒脱的人,任何变故都是打不倒她的。

当然,我所说的自立绝不是指一定要去挑战世俗,做一个特立独行的人,而是要拥有选择的能力,并且有能力承担自己选择的结果,而不是将自己的人生交付到别人手里,要别人给自己一个美好的未来,或是彪悍霸道,完全把自己跟别人割离开来。

我们所追求的自立,应该是一种心灵的自由,在自己想要的时间里做自己喜欢的事,不需要等待别人的许可。

（11）
穷太久就是你的错

先生打电话跟我说晚上有应酬，不回来吃饭了，我赶紧约了闺密陪我去吃海鲜排档。初夏时节，找个露天的地方，点上几样新鲜的海鲜，那滋味绝对超过五星级的海鲜自助。

刚坐下，闺密朝我使了个眼色，我顺着她的眼色一看，旁边一对男女压抑着声音在吵架。

男人说："我求你再给我一次机会吧，不要分手好不好？"

女人一脸的不耐烦："我已经给过你很多次机会了，我今年已经三十了，我不想再耽误自己，我们好聚好散吧！"

男的始终苦苦哀求，面露哀伤，女的不为所动，面无表情。

闺密偷偷地对我说："以前都是痴心女子负心汉，现在都是深情男子绝情女。"

我示意她继续听下去，男人还在继续哀求，女的依然不为所动。

终于，男人的耐心崩溃了，对着女人大吼："你到底有没有爱过我？我只求你再给我一次机会，你就这么迫不及待地去找有钱人吗？如果我有钱你会这样吗？女人都这么现实，这么势利吗？那我们的感情算什么，算什么！"

其他客人纷纷朝这个女人投去鄙夷谴责的目光，女人不甘示弱地回敬道："我一开始就知道你没钱，我要是爱钱，根本不会跟你在一起。我跟了你十年，我们毕业都七年了，这七年里，我给过你多少机会，但是结果呢？我们现在连房租都快付不起了，我根本看不见未来。不管你怎么说，这次分手是分定了。"

女人说完，头也不回地走了，男人拿起桌上的啤酒瓶子，恨恨地掼在地上："为什么？为什么？难道穷人就不配有爱情吗？"

其他人纷纷议论起来，我和闺密也不例外。我原本以为闺密会同情这个男人，没想到闺密看了看女人消失的背影说："恭喜这个女人，她总算做了一个正确的决定，离开了这个没出息的穷鬼。"

我没好气地瞪了她一眼:"你有没有一点同情心啊?"

闺密气哼哼地道:"同情心?那也得给值得的人好不好,我不会同情一个穷鬼的。"

我笑着敲敲她的脑袋:"说话留点口德好不好,人总有贫富,别穷鬼穷鬼的。"

闺密更加展现了她毒舌的本能:"你没听见吗?他们已经毕业七年了,连房租都快交不起了。一个男人,但凡踏实一点,勤奋一点,稍微用点心,这七年来早就攒下一个小套的首付了。他到现在还一文不名,这已经不是穷不穷的问题了,而是生活态度甚至是人品上的问题了,所以才导致他到现在还是一事无成,连女朋友都要离开他。可怜之人必有可恨之处,以前我看到别人穷我也会同情,后来我渐渐发现,一个人穷,大多不关命运的事,而跟他自身的问题是分不开的。"

我忍不住点头,闺密的话,确实很有道理。

"大多穷人会用父母用出身来为自己的穷辩护。每个人出身不一样,所以起点不一样,这种差别客观存在。但如果不是追求大富大贵,只需要衣食无忧的话,稍微努力一点就能做到。七年时间,已经足够一个男人站稳脚跟,甚至小有成就了。有的人穷,他会想着改变现状,他会努力寻找机会,他会踏踏实实去走每一步。三十岁以前穷，除了能力还涉及运气问题，但三十岁以后还穷，这个问题就严重了。假如说出身的阶层是不能选择的事，那么学识、能力绝对是付出努力就会拥有，一味地怪罪到父母身上，只是又多了一项劣迹——没担当！一直穷的人大多有两个问题：志大才疏或好逸恶劳，这样的人，会一直穷下去。"

我不禁想起了我的一个亲戚，从二十几岁开始他就告诉大家他一定要出人头地、光宗耀祖。父母和妻子听了非常高兴，表示一定会支持他。然后，他去做了生意，半年后，赔了个精光。他对父母和妻子说："这次是我时运不济，下次我一定会成功的。"父母和妻子拿出积蓄再次支持他去闯事业，这一次，他又赔了个精光。父母和妻子吃不消了，劝他安心找份工作，好好养家糊口吧！

但他一听就叫了起来："我是要做大事赚大钱的人，给人打工怎么可能？那些老板算什么，以后他们见了我都得点头哈腰。"

这么折腾了五年，大事没做成，大钱没赚到，原本殷实的家底倒是被他折腾得差不多了。但他不但没从自己身上反思，反而责怪别人没有眼光，不肯给他机会，要么就怪老天爷没长眼睛，不降点财运给他。家人再次劝他安心找份工作，不要再折腾了，但是他自我感觉依然良好："找工作？什么工作配得上我？让我去当董事长我都不干，我这水平，当个省长都屈才了。"

身边的人渐渐不愿意搭理他了，如今他五十多岁了，依然一事无成，天天怨天尤人，八十多岁的父母只能唉声叹气，和他同样年纪的妻子长年打工，抚养一双儿女，落下一身疾病。但他始终觉得这辈子是命运亏欠他埋没了他，逮着一个陌生人就开始大吹特吹，如今连儿女都不愿意搭理他。

我身边也有相当一部分女性找了比较穷的男人，她们认为这才是真爱，真爱是不能被金钱玷污的，同甘共苦的感情才会历久弥新，一个个奋不顾身地打算和男人共创美好的未来。但是现在回头看看，好几对已经分道扬镳，剩下的几对，大多也是勉强维持，真正安贫乐道且幸福的，我几乎没有找到。

因为生活是现实的，爱得再纯粹，生活也需要基本的物质维持，我们可以靠爱满足精神需求，但是生孩子、养孩子，样样都离不开物质。尤其是有了孩子后，自己再苦也可以忍受，但是希望孩子能够生活得好一点，这好一点，离不开经济，看到自己的孩子穿的用的样样不如别人的孩子，心里还如何幸福得起来？

但仅仅这些原因还不足以使为爱走进婚姻的女人离婚，因为她们原本选择这个男人就不是因为钱。

大多数经历过贫穷男人的女人告诉我：我真不介意他穷，但是我不能忍受他不求上进，这样的日子让我看不到未来。

而且，不求上进的男人往往很懒，一个在工作和人生上很懒的人，基本是不用指望他在家里能很勤快的，所以如果找了一个没有上进心的男人，等于同时找了个大爷。

此外，这些男人还有一个特征：非常喜欢给女人扣帽子。如果女人对他的表现稍有微词，他就会变得像刺猬一样："怎么？嫌弃我了？你怎么变得这么世俗？我现在才发现你是这种人，势利、虚荣，一点都不可爱了。"

如果女人真的受不了离开了他，他会可怜兮兮地到处诉苦："我是真的爱她啊，我们这么多年的感情还是没经得起金钱的诱惑啊，因为我没钱，所以她离开了我。"

于是，不明真相的人纷纷指责女人的无情。而女人，在奉献了无数青春和感情，熬过了无数贫穷的日子后，换来了一个爱慕虚荣、不念旧情的评价。

男人一时穷不可怕，刚出校门的人，基本都穷，古语都说莫欺少年穷，可怕的是拥有穷人思维和性格。

一个男人口口声声说着真爱至上，没有你活不下去，却不肯努力上进给你一个美好的未来，这样的男人，你还是离开吧！

（12）

你的资源与人脉匹配吗？

"云意轩翡翠"尚未开张时，先生担心我生意不好受打击，打算大力支持我，他给我罗列了他的计划：有几位朋友珠宝生意做得很大，每年销售额起码过亿，我带你去向他们取取经；以后有什么宴会我都带你去，拓展一下你的圈子，我那些朋友都是各界精英，他们的朋友也都是很厉害的人物；周末我们就去参加一些车友会，多结交一些新朋友；另外我再帮你想想怎么营销一下比较好。我保证你以后一定生意兴隆，怎么样，老公对你好吧？

我拨弄着自己的翡翠，很肯定地告诉他："我不要，我自己会努力的。"

先生见我如此不识好歹有些生气:"换成别人就算求我带我都不会带,因为你是我老婆,我才这么积极地想帮你,这么做对你又没损失,干吗不要?"

为了这事,我们争论好久,先生一直想说服我接受他的帮助,我还是坚决拒绝,他一定要我说出个理由,为什么这么不愿意接受他的好意,夫妻之间还需要这么讲究清高吗?

我想了想对他说:"我知道你那些朋友层次都比较高,就因为他们层次较高,所以不适合现在的我。"

并非我清高,排斥别人的帮助,一定要独自证明自己的能力。如果只要别人帮一帮,呈现在我面前的就是美好的未来,我当然也愿意使自己飞得更快更远。只是理智告诉我,就目前这个情况,这么做对我弊大于利,太依附别人的帮助只会让我失去自己的方向。

在大多数人眼里,人脉是个最宝贵的资源,尤其在中国,更到了痴迷的程度,很多人信奉只要有人脉,什么事都办得成,如果没人脉,即使能力再强也无用武之地。

曾经,有位亲戚想快点发展自己的事业,希望我先生给他介绍生意,我反问:"如果我们介绍生意,你吃得下这么多吗?"亲戚表示这个不用我操心,如果生意很大,他可以分出去,也可以立刻招兵买马,只要接下来了,后面的事根本不是问题。

　　我考虑了几天，拒绝了他，他非常不高兴，认为我太无情了，好歹是亲戚，为什么不帮自己人一把呢？我很直白地告诉他，不是不帮，而是他现在的能力，还不足以与那些人合作，只有先做好眼前的事，再图其他。

　　亲戚不死心，跟我大谈人脉的重要性，意思是只要他得到足够多的人帮助，事业发展大了，自然就与这些人匹配了。这看起来很有道理，也被很多人认同，但是生活中的逻辑往往是相反的。说直白一点：你所拥有的资源匹配得上这些人脉吗？如果不是，那些人凭什么愿意给你机会呢？

　　回到我自己的问题上，难道我真的不愿意别人帮我吗？难道我不想轻松快速地成功吗？我想！但是，我想到了另外一个问题：我可以给这些人什么呢？答案是：什么都没有。

　　如果现在我去拜访先生的朋友，人家看在他的面子上，也不会拒绝我，更可能的情况是：这些朋友看在先生的面子上，给我一两次耐心的分享与解答。可是我们不会成为真正的朋友，因为不在一个平台上，格局、能力都不是一个层次的。如果对方是个非常悠闲的人，又非常热心，愿意教导我这个学生，那自然是再好不过，但真正有成就的人，往往都很忙，教导我需要花时间成本，并且还不会有产出，先不说他们愿不愿意，我自己都不好意思。所以我宁愿先通过自己的努力，站在更高的台阶上，即使不能与这些人齐平，起码差距不要太大的时候再对话，我想，那时候人家会更愿意与我结交，然而，现在我只是一个"索取者"。

将心比心，我自己更愿意和什么样的人结交呢？

如果一个人只想得到我的帮助，只想依附我，却不能让我有任何提高，我是不愿意和这样的人成为朋友的。可能有的人会说："交朋友又不是交易，怎么可以这么势利呢？"但是，我们不得不承认，我们愿意与更强的人做朋友，即使不是更强，起码也要差不多。

曾经，我也观察过自己的行为，发现生活中我对两类人的态度截然不同。第一类人，遇到困难后，从不向我开口，很不愿意麻烦我，但是我知道后，总是想方设法想去尽一份力；第二类人，有事总喜欢跟我开口，而我总会以各种借口推托。我曾问自己：为何会如此厚此薄彼呢？

还有一种情况，在生活中我一直更愿意帮助有能力的人，对于那些不能使我有任何收获的人，我心里是抗拒的。我曾问自己：为什么会这样？我真的有这么势利吗？

后来我不得不承认一个事实：因为我喜欢有价值的交往，我帮了那些有能力的人，未来他们给我的帮助也会很多，至于那些一心索取的人，并不能给我带来什么，只会消耗我的时间、精力还有金钱。

我在观察中还发现：真正拥有能力资源的人，轻易并不喜欢麻烦别人，他们更希望有来有往的相处，因为自身优秀，经常会遇到别人"麻烦"自己，他们知道被"麻烦"的感受，所以他们轻易是不会开口的。如果真的受了别人的帮助，总是记在心里，暗暗留意，寻找回报对方的机会。反而是那些一心希望通过人脉达成某事的人，只想着达成更多的目的，当你有事需要他们帮忙的时候，他们会有各种理由和托词，因为在他们眼里，这都是需要付出时间的，除非你身上有他永远需要的人脉资源，一旦你失去自己的价值，他们大多会消失不见。

我们都知道一句话："久病床前无孝子。"即使是亲生父子，长期地麻烦也会觉得不耐烦，何况关系还没那么亲密呢！

举个最现实的例子，一群人大学毕业，通过努力各自取得了成就，只有一个人混得很差，这个人经常去找其他同学借钱，头一两次，大部分人念在同学之情都愿意借给他，但如果他一直持续这种行为，久而久之，大多数人都会开始回避他。

我工作那几年，亲身经历过这样一件事：有一个人，经常来我们公司，自称是董事长的表弟，事实上，他也确实是董事长的表弟。每次过来，他总是有事相求，永远都是期期艾艾、支支吾吾的样子，我内心是非常看不起他的。后来董事长吩咐门卫以后别让他进来，但是他不知道用了什么办法，经常趁门卫不注意或者跟着其他人进来。他也知道董事长不待见他，就去找公司里的高层，声称是董事长的表弟，请高层协助办某事，几次之后，那些高层也烦了，纷纷反映到董事长那里。

有一次，我到董事长办公室去，发现他正好在董事长办公室，董事长训他："我帮过你很多次了，你自己能力不行怨不得别人，以后你别打着我的名义到处去找人，把我的脸都丢尽了。"

那次事情让我明白：能力和自身的资源不行，拥有再强大的人脉也没用，这些人脉，迟早还得失去。千万不要把自己塑造成一个索取者，没有人有兴趣长期帮助一个只会索取的人。

建立起属于自己的人脉圈子，是每个人向往的。但如果忽视自身能力，一味追求人脉，会使一个人变得功利，使人厌烦，因为太想拥有这些人脉了，所以一旦看到机会就会紧追不舍，送礼、讨好、鞍前马后，无所不用其极，但现实往往很残酷，这样费尽心思后那些大人物不但没有成为自己的人脉，反而会视自己为奴才，试问，谁会愿意为一个奴才尽心尽力呢？

我举这么多例子，并不是说明人脉不重要。从我们的社会来看，人脉确实很重要，毕竟一个人再优秀再有能力，也不可能是万能的，每个人都离不开别人的帮助，每个人也必须跟其他人打交道。

但是，我们需要的不是认识某个人，更不是和某某大人物吃过一顿饭他就成了我们的人脉了。人生中往往会遇到这些可笑的事，有人吹牛哪里哪里都有关系，某某知名人物跟自己关系多铁多铁，但事实上人家连他是谁都不知道。

有人气愤地说那些官二代什么能力都没有，可是天生就有一张关系网，别人觉得千难万难的事，到他们那里，只是一句话的事。

这个世界上，确实有很多不公平的现象存在，但是愤怒改变不了现状，接受这些不公平的存在也是心理成熟的一种表现。

更多被视为人脉的那些人，大多都是草根出身，"英雄不问出处"，出身是每个人都无法选择的事，但每个人都可以选择做一个平庸的人还是卓越的人。

想让自己卓越，其实也不难，只要有足够的耐心，专注地去做某件事，快则三年，慢则十年，必有所成。那时候你会发现，原来觉得高不可攀的那些人，都在不经意之间认识了。

就像我和先生的对话一样，我说："如果以我现在的情况想认识某个影视界大佬，即使我费尽心思，也未必能结识，但如果我是另一个领域的杰出人物，我们迟早会认识，因为他们不可能只跟自己领域里的人交往，他们也需要认识其他领域的人，他们会去结识其他领域的什么人呢？当然是跟他们差不多层次的人。"

而那时候，我们之间的关系不再是仰望或者索取，而是相互帮助、相互促进的朋友，这样的结识和交往，才能更长久。

很多人把自己的不成功归结为没有机遇，没有贵人相助。有句话说得好：机遇是给那些有准备的人的。当你拥有了能力，人脉是迟早的事。

有一段话值得分享：不要去追一匹马，用追马的时间种草，待到春暖花开时，会有一群骏马任你挑选；不要刻意去结交一个人，用这时间提升自己的能力，待到时机成熟时，会有一大批朋友与你同行。所以，丰富自己比依附他人更有力量：种下梧桐，自有凤凰来栖，你若盛开，蝴蝶自来。

(13) 别把生活过成一个死局

君君是个三岁男孩的母亲,没有孩子之前,她和老公的感情还不错,但自从有了孩子后,她就把婆婆从老家接了过来,矛盾就渐渐多了起来。起初老公还在中间调和一下,后来烦了,就随两个女人自己去搞,把房门一关,随便两人你来我往,只作不知。

君君和婆婆的大多数矛盾都是因为带孩子产生的,两人在养育孩子的做法上分歧特别大。君君特别希望老公能站在自己这边,经常在老公面前痛陈婆婆带孩子时极品的做法,原本希望老公能去说一说婆婆,可老公不但没有,反而对她意见特别大,夫妻感情也大不如从前,所以她觉得特别委屈郁闷。

听别人说，这个时候要多跟老公沟通，她觉得有道理，但是和老公沟通了好几次，结果还不如没沟通的时候，老公反而彻底站到了母亲那边，这使她百思不得其解。

所以，她来问我："晚情，你不知道我婆婆这个人有多极品，平时喂孩子经常她一口，孩子一口，你说多不卫生啊！老年人本来病就多，医生、专家都不赞成这样做，我跟她说了好几次，她理都不理我，照样我行我素。"

我问她："那你有好好跟她说明理由吗？用比较温和商量的语气说？"

君君给了我肯定的答案，表示不但说了，而且说了好几次，但是极品的婆婆完全就当没听见，更有甚者，前天她回家的时候，发现孩子竟然睡在地上，她气愤地问我："你说有这种人吗？竟然让孩子睡在地上，那可是会生病的，家里床多得是，她就不能把孩子抱到床上去吗？"

接下来的半个小时里，君君列举了婆婆带孩子时种种让她无法接受的事，简直一无是处。

我听她说完后问她："既然你觉得婆婆带孩子问题那么大，而且沟通也无效，有没有想过亲自带呢？"

她立刻反对说："我平时要上班，哪有时间带孩子啊？辞职我可不干，女人要是待在家里带孩子，还有什么地位啊？"

我又给了她一个建议:"既然婆婆带不如你的意,你又不想自己带,那就请个保姆,你把你的要求告诉保姆,让她完全按照你的要求带。"

她还是反对:"也许请保姆对你来说是件轻而易举的事,但我们没这样的经济能力,本来养孩子就多了很多支出,要不然我也不会把我婆婆接过来了。"

我再次提了一个解决方法:"或者你把孩子送全托,等你下班回来再去接他?"

她表示不能接受:"孩子还这么小,我怎么忍心啊?现在那么多虐童事件,我想想都不放心。"

这一刻,我也明白为什么她跟她老公和婆婆会沟通失败了。因为她的沟通,只是希望对方接受她的想法,按照她的要求改变自己,而她自己并不想做任何改变与妥协。就比如这件事,她希望的结果是婆婆按照她的意思来带孩子,至于其他的解决办法,都不想考虑,但要改变一个老人家固有的做法,基本等于不可能,她做不到,我也做不到,就算真的做到了,估计孩子也长大了。

其实这个问题起码会有三种解决方案,但一定要别人改变来符合自己的期望,而别人又坚持自己的做法时,这就成了一个死局。

带孩子这个问题，君君有两种选择：实在看不惯婆婆的做法，那就亲自带或者请保姆，也就不用再担心孩子吃不卫生的东西，更不用担心孩子睡在地上；要么就默认婆婆的带法，既然让人家带了，就不要再挑剔抱怨，挑剔抱怨也不能使对方按照自己的方法去做。

可生活中很多女性选择的恰恰是第三种做法，既无力改变现状，又不想接受现状，所以一边持续着现状，一边不断抱怨，既没解决问题，还把身边的人得罪光了。

前几天，我一个朋友如妍找我倾诉，因为她刚入职时犯过几次错，所以领导一直都不怎么喜欢她，这些年过去了，她已经进步很多，可是领导对她还是有成见，平时对她的态度不怎么样，有点小错，就会当众批评她，气得她恨不得大吵一架。

她跟我说："你说怎么会有这么小气的男人？我不就是刚入职的时候人头不太熟，他又站在打印机旁，以为他是文印室的吗，他居然记到现在，时不时地给我一下难堪，在这样的人下面做事真没劲。"

我看她委屈抑郁的样子，就问她是否想过换工作呢，如妍说虽然现在的领导很差，但同事还不错，有点舍不得他们。我说新公司的同事也许更合得来也说不定，她还是摇头，觉得现在这个公司待遇还是挺不错的，离家又不远，再找也未必能找到比现在好的。我只好建议她要不换个部门试试，她苦恼地说专业不对口，换过去也不知道能不能适应。

如妍希望的是领导突然改变态度，对自己友好重视起来，至于其他建议，她根本不需要。可是这几年来，她要是真有办法改变领导的态度，早就做到了。

我曾模拟过一个很有趣的场景来解释这种问题：一个人在商场上看中了一款首饰，价值十万，而自己手里只有一万，于是就跟商场老板商量："你这首饰能便宜一点卖给我吗？"老板说："可以，那就九万吧！"但她只有一万，说："老板你一万卖给我吧？"老板说："那怎么行呢？要么你先去赚钱，等有了钱再来买。"但她还是要求老板一万卖给她，老板自然不肯。这种情况，她只有两个选择，一个就是想办法筹到八九万块钱，再来跟老板商量；另一个就是放弃这款首饰。但是她既不肯去筹钱，又不愿意放弃，坚持要老板以一万的价格卖给她，但老板肯定不会卖给她。这就成了一个死局。

人生中我们会遇到很多问题，努力解决是一种很好的人生态度，接受现状也是一种不错的人生态度，最最糟糕的就是既没有能力解决问题，又不愿意接受现状，每天抱怨生活，生生把自己的生活过成了一个死局。

（14）
女王和女仆

念大学时，班上有两对同学同时谈恋爱，这两对的恋爱人气超过了其他话题，竟成了整幢楼讨论最激烈的话题。倒不是因为他们的恋情有多么曲折离奇，也不是因为他们是校花校草级人物，只是因为这两对的恋情反差实在是太大了，尤其是这两个女孩还住在一个寝室里。

晓誉喜欢上了同班一个叫顾寒的高高帅帅的男生，每天她都会为顾寒送早餐、占位置、打水，我们能想到的她都做了，我们想不到的她也做了，那叫一个无微不至。起初有人问顾寒晓誉是不是他女朋友，顾寒笑着打哈哈："应该叫女性朋友更贴切吧！"

之后顾寒谈了几次恋爱，其间被一个女生狠狠伤了，而晓誉自始至终都陪在他身边，对他一如既往地好。最后，顾寒痛定思痛，觉得还是晓誉最爱他。于是，晓誉守得云开见月明，终于成了顾寒的正式女朋友。

而另一个同学晓佳的恋情正好相反，她男朋友属于二十四孝男朋友，每天早上给她送早饭，而且送得不满意，她还未必吃，平时送水果零食，打水买饭，鞍前马后，随传随到，这男生自己的生活极端简朴，但是对晓佳无比大方。

我们寝室自然也断不了会议论，室友把她俩称为"女王"与"女仆"。

但再愿意奉献的姑娘，心里也有个公主梦，所以晓誉和顾寒吵架了，据说晓誉希望顾寒也能为她送两次早饭，好让别人知道她也是有人疼的。但顾寒不答应，以早上起不来为由拒绝了她，晓誉退而求其次，中饭、午饭都可以，但顾寒还是拒绝了，理由是："大丈夫顶天立地，给女人送饭算怎么回事？"两人冷战了一星期，最后还是晓誉妥协了，继续过着给顾寒打水送饭的日子。

室友叹息地说："一日为仆，终身为奴啊，翻不了身了。"

据说两人后来结婚了，婚后生活如何就不得而知了。

但是前两天，我从另外一位朋友身上看到了这种结合后的生活。

当当是我所有闺密里最毒舌的一个，她不但对别人毒舌，对我也一样，有时候想让她安慰两句，她的话能直戳得我心窝子滴血，但是她却能经常妙语如珠，所以我对她是又爱又恨。

前天她约我逛街，带了一个朋友过来，那位朋友很是殷勤，自告奋勇地跑去给我们买水，当当看着她摇头说："改不了这奴性了。"

我瞪了她一眼，人家好心好意去买水，怎么这样说。当当大着嗓门说："我这是替她着急，要是现在她指挥我去买水，我会觉得比较欣慰。"

之后，当当把她的来意简单跟我说了一下。这位朋友在家里极其没地位，夫妻关系似主仆关系，为主人任劳任怨地做任何事情，主人的一次皱眉都会使她紧张不已，思索自己何处出错，想方设法牢记主人喜好，千方百计猜到主人心思。但女仆也有逆袭的欲望，看到别人过得舒服惬意，很是羡慕，听说我俩的先生对我们很是娇宠，所以决定要多接触像我们一样的人。

我很惶恐，觉得每个人都有自己的相处模式，盲目模仿也许会起反作用。

我们逛街的时候，她看中了一件真丝连衣裙，看了看标牌又放下了，当当扯过来一看："不是很贵啊，买下！"

她犹豫地说："我老公肯定会说的，而且穿着真丝裙也不好做家务。"

当当郁闷地说："你忘记你来干什么的了吗？你怕他干什么？你又不是不赚钱，喜欢就买，衣服这种东西就是要及时，等你六十岁了买了也没现在的皮肤和身材了。"

也许是女人天性爱美，也许是当当的怂恿，她不但买下了这条裙子，还买了不少其他东西。临分手的时候，她高兴地跟我们说："很久没觉得这么开心了，我要像你们这样，对自己好一点。"

当当鼓励她："这就对了，别把自己整得跟个女仆似的。"

我望着她远去的背影，想象着她回家后的情景，后来事多，我就忘记了她。

一个星期后，我约当当见面，当当突然想起了她，打电话问她要不要一起出来。

挂上电话，当当垮着脸跟我说："她说不来了，也不想着翻身了，上次买回去的衣服，都被她老公剪了，问她一把年纪打算穿给谁看。"

我惊讶地问："这么过分？"

当当一针见血地说："做惯了女仆，别人早就当你是女仆了，你突然提出来要当女王，谁能答应啊？但如果你真要当女王，也没人阻止得了，女人啊！什么样的地位都是自己造成的。"

所以，聪明的姑娘，在一开始就要清楚地给自己定位，否则后面很难扭转。我们不需要做女王，但也不要做女仆，偶尔想受下虐也行，但不能受一辈子虐不是吗？我们只要正正常常做个有人疼的小女人就行。

(15)

我们终将过上与能力相匹配的生活

我的朋友嘉佳曾经有一段比言情小说还浪漫的恋情。

对方是有名的连锁集团大公子,虽出身富豪之家,却没有纨绔之气,连嘉佳都认为自己是走了狗屎运才能遇到这样的男人。

两人的故事也挺浪漫的,当时嘉佳在酒店实习,客人走后发现椅子上有一沓文件。按照酒店的规定,她只要把这沓文件好好保存起来,等待客人自行来取即可,但嘉佳担心人家急用,就按照上面的地址送了过去。当时接待她的估计是个秘书小姐,她放下东西想离开时,对方却叫住了她,说李总有请。

就这样,嘉佳因为一次热心的举动收获了一个人人羡慕的男朋友。

李公子对嘉佳很是用心,几乎满足了一个女孩对爱情的所有梦想。

但是几个月后,嘉佳认真地跟我说,她想分手。我还没说话,在旁边涂指甲的当当急了,甩着手过来探探嘉佳的额头,想看看她有没有发烧。

在这几个月里,李公子是怎么对嘉佳的我们都看在眼里,无论是人品还是修养,这位李公子都是上上之选。

嘉佳低着头说:"我配不上他。"

当当恨铁不成钢地说:"配不上也配了几个月了,只要他不觉得你配不上他就行。"

嘉佳连忙澄清不是对方的问题。

一开始,嘉佳觉得自己简直就像在梦的天堂一样,幸福得难以自已。每天呈现在她面前的都是从未探知的世界,享受的都是以前想都不敢想的东西。可是她觉得自己就像一只惊惶胆怯的小鸟一样。当她身穿李公子所赠的奢华礼服裙,以前所未有的美丽姿态款款出现在晚会现场时,她也曾陶醉过,也曾暗暗告诫自己,一定要抓住这样的生活。但是很快她就觉得hold不住了,当别人款款举杯时,她觉得自己无所适从,手忙脚乱地跟着学,别人看自己一眼,她都觉得是在嘲笑她。其他人三三两两地聊着法国红酒、欧洲时装时,嘉佳觉得自己一句话都插不上,李公子希望她能融入这个圈子里,她也想做得令他满意,但前面二十多年的生活如此天差地别,即使参加聚会之前她也恶补过，也还是时不时地闹几个笑话。后来，但凡参加这样的聚会，她都在心里默念快快结束。

李公子很体贴，找了老师来教导她，法语、英语、礼仪、音乐，看在他用心良苦的分上，嘉佳很努力地去学，可是她觉得自己越来越不快乐，一想到一辈子都要过这种拘束的生活，就觉得无比恐惧。

而她跟李公子之间的差距也渐渐显露，嘉佳喜欢吃路边摊，李公子认为那又脏又不安全，面对着一堆地沟油做成的东西，怎么吃得下去呢？偶尔勉为其难地陪着嘉佳过去，他都离那些食物远远的，绝对不碰，并提醒嘉佳以后少来这种地方。那一刻，嘉佳突然觉得他们两个完全是两个世界的人，她根本没有本事融入他的世界，也没本事让他融入自己的世界，硬要去攀附他的生活，原本就是自己的奢望。

分手后，李公子又来找过嘉佳几次，嘉佳都没见他。我问她："真的不留恋吗？"

嘉佳望着窗外的木槿花，神情难舍而迷离："留恋，真的很留恋，但是我知道我的本事配不起这样的男人，除了放手，我别无选择，否则对我对他都是一场悲剧。"

是的，嘉佳只有大专学历，英语都很蹩脚，更别提法语、德语了，直到现在她都分不清《秋日私语》和《梦中的婚礼》，鱼子酱、黑松露对她而言是最难吃的食物。这样的生活对他而言，是习以为常，可对她而言，实在太辛苦。

我为她的清醒佩服，却也惋惜："你觉得你够不上那样的生活，可是他说他愿意迁就你的生活。"

嘉佳笑得很伤感："没用的，我也愿意迁就他的生活，可是我做不到，他也一样做不到，何况他已经过上那样的生活了，我为什么要用我的私心把他拉下来呢？"

嘉佳抱着我狠狠地哭了一场，从此把这段感情埋藏起来。一年后，她找了一个在街道上班的男朋友，两人一起看电影吃烧烤，过着平凡而简单的生活，虽然很多人都为她可惜，但她觉得这样的男人才是适合她的。

几年后，又是一个木槿花开的季节，嘉佳才又跟我提起这段感情，她说："虽然偶尔看中一件衣服发现自己买不起时，我也会想起那一段日子，但是我必须承认，那种生活是我努力后还是够不上的，可能别人会觉得那是因为我不够努力，但是我知道，不是每个人都能力卓绝，我的能力就这么多，我只能过和我能力相匹配的生活。即使奢望，我也迟早会被打回原形。"

放弃李公子那样的男友，很多人都在背地里觉得嘉佳傻，可是这一刻，我觉得嘉佳比我们所有人都聪明。能够坦然面对自身的不足，承认自己的条件不足以匹配从天而降的缘分，愿意把标准降到自己能够把握的高度，是一种果断，更是一种智慧。

这个世界上有太多的人，包括我自己，对自我的认知总是超出实际很远，如果我处在嘉佳的位置，我是否有她的勇气去拒绝自己匹配不了的生活呢？我想我未必有这种智慧，起码在二十几岁的年纪里，我不会有，我很可能会不愿放手，拼尽全力也要去够一够。

人生的大多痛苦都来自奢望与能力不相匹配。人生最多的嘲笑也来自愿望与能力不相匹配，很多姑娘委屈地跟我说她想嫁一个怎样怎样的男人，身边的人都劝她现实点，包括她的父母也认为她是异想天开，可是想嫁一个出色的男人有错吗？

我想，如果今天范冰冰说她要嫁一个出色的男人，别人非但不会嘲笑她，反而会羡慕那个她想嫁的男人吧！说穿了，其实就是能力与愿望是否相匹配的问题。如果匹配，那是一个选择问题，如果不匹配就是一个异想天开的故事。

所以，每当有姑娘问我这类问题，我都会这样回复："无论你想过什么样的生活，都是你的追求，但当你有了追求后，你的追求也会对你提出要求，你可以冷静地分析一下，看看自己有多少能力符合这些要求，然后，你就会得到答案。"

在我自己的人生里，我也会有很多追求，有时候那些追求更像是做梦，比如小时候我最想演一个侠女，行走江湖，最后和心爱的人归隐山林。但我知道，这些只不过是我偶尔的幻想罢了，我既没有让人过目不忘的容貌，也没有出众的演技，我只能在屏幕外看着别人而已。

曾经有位长得挺不错的姑娘恨恨地对我说:"那些长得不如我的人,全部都嫁得不错,而我到现在为止也没有找到个令我满意的,更可气的是她们的收入也比我高,老天真不公平。"

一个人所拥有的资本,不仅仅是美貌而已,还有很多其他方面,如果只看到自己的优点,而看不到别人的长处,那是很可悲的。

我母亲有一个朋友,如今快六十岁了,几乎嫌弃了老公一辈子。原本她们几个当姑娘时都在一个镇上,每个人都差不多,但80年代后,这种平衡就打破了,有的下海经商赚了钱,有的承包工地发了财。看见曾经的姐妹一个个风光起来,她的心里非常不是滋味,总觉得自己嫁错了人。

但我知道她没有,再嫁多少个,她过的生活与现在都不会相差太多。她看到了别的姐妹风光,但是没看到人家在老公生意失败时,鼓励安慰,一起度过,而她对老公不是羞辱就是谩骂。她提出了其他姐妹那样的要求,但是她没有做到像其他姐妹一样。

要承认自己的不足,是件不容易的事。每个人都向往好生活,没人喜欢吃苦受罪,但是比较可行的方法是,先掂量一下自己有多少能力来达成自己的要求,当发现愿望与能力不匹配时,能够清醒客观地认识自身,那是一种很深的智慧。

我们每个人,最后,都将过上与自己能力相匹配的生活。

（16）

亲爱的，你不能要求独得这世间所有的好处

朋友聚会时，大家兴高采烈地聊着各自的近况，唯有N一个人闷闷不乐，大家关心地问她遇到什么事了。

N说，公司现在新成立了一个部门，领导有意让她过去主持，已经找她谈过话了，新部门的成立是为了顺应互联网的发展，预计前景不错，而且薪水也会增加不少。

N大概说完后，我觉得这是一次不可多得的机会，如果做得好，也许能够在公司里开创一片新天地，两年之内升为部长应该是很有把握的。更重要的是，N不止一次跟我提过，她很想要发展的机会。

其他人也表示不解，如此好的机会，可遇不可求啊！

N纠结地告诉我们她的担忧，新部门看起来确实很有诱惑，可是因为刚成立，很多业务需要拓展，领导言明新岗位需要经常出差，让她考虑清楚再答复。

N很想把握住这次机会，但又担心经常出差太辛苦，回去征求了下老公和孩子的意见，他们都不太同意，老公担心她经常出差后，照顾不了家庭，孩子刚上小学，正处于最关键的时刻，孩子的反对意见更直白：不愿意妈妈经常不在，如果那样就没人帮他洗澡，帮他检查作业了。可是前年为了让孩子上好的学校，夫妻两人倾尽所有买了一套学区房，至今还有不少贷款，如果选择新部门，可以减轻一些生活压力，每个选择各有好处，也各有劣势，所以她不知道该如何选择了。

"那你好好考虑一下吧！"成年人懂得疆界，懂得克制，懂得不在别人的选择上指手画脚，纵有万千建议，我们纷纷选择了沉默。

N把眼光投向了我，我只是说："尊重内心的选择吧，无论你选择什么，我都支持你。"

这样的事情，我十分为难，如果我建议N选择新部门，无疑是跟她老公、孩子作对，万一她的家庭有什么变故，也许我们连朋友都做不成；如果我建议N继续原来的生活，我又无法替她解决生活压力，更不知道如何安置她那颗蠢蠢欲动的心，所以，我也选择了沉默。

这个社会对女人的要求比任何一个时代都高。在古代，一个女子只要相夫教子，操持好家务，就是尽到了自己的本分。但现在远远不够，女人既要延续以前的职责，照顾好孩子，打理好家务，还要承担家庭建设，少了哪一样，都会招来不少指责。

所以我理解N的纠结，但是作为成年人，我们首先要学会的就是有所取舍，这世间没有十全十美的事，若要得到，必然需要一定的付出与牺牲。选择了发展事业，必然要更多地承担家庭风险。这个社会对女强人的宽容还远远不够，一个女人事业做得再好，但如果没有在家里做出奉献，公婆、老公、孩子，甚至身边一些不相干的人都可以纷纷指责她不够合格，甚至无论她的事业做得再好，如果婚姻失败，在旁人眼里，她的成功已经贬值，会受到来自男人和女人的共同指责。

而一个女人选择了全心全意为家庭付出，同样要承担很大的风险，除了未来有可能和丈夫脱节导致家庭变故外，能否重新适应这个社会，拥有谋生的本领，也是需要仔细权衡的一大问题。很多女人为了家庭放弃了很有前途的工作，或者从重要岗位退居到闲职，把家里打理得井井有条，但往往得不到尊重，在别人眼里，这是没什么含金量的工作，老公也体会不到她的辛苦，孩子嫌她啰唆。她偶尔也会后悔，当初为什么要放弃那么好的机会呢？

可是，亲爱的，不管这个社会如何不公平，对女人的要求如何不合理，我们必须还得选择一种生活不是吗？当问题来临时，一切纠结担忧通通没用，唯一能够帮助自己的，只有正视问题，积极协调问题。

就好比N，如果她选择了新部门，只能在做好本职工作的同时，好好与老公协商，与孩子沟通，努力去获得他们的理解和支持。如果做完了这一切，他们依然不能理解她的选择，那她也只能接受这个结果，或者放弃这个机会。可如果选择了不去新部门，那么就要继续背负房贷这类生活的压力，但起码当下老公和孩子对她是满意的，她要承担的是未来的风险和如何安置时时冒出来的自我意识。哪种选择都有一定的好处与弊端，很多人会在心底感叹：为什么不能把两种选择并成一种呢？这种想法偶尔陶醉一下就行，生活中却没有这么多称心如意的事，我们总要不断承担，不断成长，也在这一路，不断失去，不断割舍，那是每个成功成熟的人必经之路。

也许有人能把事业和家庭处理得很好，但谁又知道她在背后付出了比别人多多少倍的努力呢？

前两天，有位朋友找我想谈一项合作，她是个上班族，见我把翡翠事业做得风生水起，但由于翡翠对专业知识和鉴赏水平的要求太高，所以不敢自己去拿货，但她又觉得上班没什么前途，必须得有自己的事业才行。

她提出的合作方案是这样的：她从我这里拿一部分翡翠回去自己销售，如果卖掉了，她便把本钱加上一定比例的利润给我，如果卖不掉，就从我这里再换一批新货回去。

我很温和但坚决地拒绝了她的提议，她觉得我的拒绝完全不可思议："你只是多一个人帮你销售，你没什么损失啊！"

我笑笑，没有告诉她因为她拿走一批货，我要多花上百万铺货，也没有告诉她，这样的情况我根本不需要合作，找个客服好处还比这个多。

但我真正拒绝她的原因并不是这些，而是我清楚，如果一个人只想享受好处，却不愿意承担任何风险，那就一定不是一个好的合作伙伴，而我也不是圣人，去替别人承担创业风险。另外，没有风险和压力的情况下，一个人的努力与激情必定会大打折扣。

这个社会其实很公平，你想要多大的成就，就得承受多大的风险与压力，你能承受多大的风险与压力，决定了你会有多大的成就。任何人都不是上帝的宠儿，可以独得这世间所有的好处。

(17)

你所谓的善良,其实是最大的"恶"

昨天我母亲给我打电话时说了一件事。她所在的地方发生了一起凶杀案,死者是个将近六十的妇女,被人抛尸在河中,被一位垂钓者发现,立刻报了警。小县城出现这种事是很轰动的,死者的身份很快被查了出来,死者生前是一位清洁工,几年前丈夫死于意外,只有一个独生儿子,已经成家,并且育有一双孩子。死者生前为人老实,从不与人交恶,一直干着清洁工的活,每个月收入不多,节俭安分地生活着,偶尔贴补一下儿子一家。这样一位苦命的女人,与世无争,是谁杀了她呢?是仇杀还是错杀呢?

当地警方立刻展开了调查,死者的哥哥说,妹妹的生活非常简单，绝对不可能与人结仇，死者的独子说好几天没看见母亲了，没想到母亲却遭人毒手。

案子很快就查清楚了，结果让所有人都吃了一惊，从警方调取的证据上看，嫌疑犯正是死者的独生儿子，"天眼"监控系统里清楚地记录了他把自己的亲生母亲抛尸河中的所有过程。

证据面前，凶手无法否认，于是，我们不禁要追问，到底是什么原因才会使他对自己的亲生母亲下如此毒手呢？

隐情很快就被揭开了，这位母亲只有一个儿子，虽然自己收入不多，但省吃俭用，常年贴补儿子。前不久，儿子找她要7000块钱，她拿不出来，只好找亲戚同事借了给他。前几天，这个儿子又去找她要8000块钱，这次，她没有答应儿子的要求。于是，儿子一怒之下，连刺母亲几刀，抛尸河中，之后继续生活，完全看不出有任何异样。

案情揭开后，整个小县城几乎都在骂这个儿子丧尽天良，禽兽不如，应该千刀万剐，才能大快人心。我母亲亦在电话里说："太没人性了，连自己的亲妈都下得了手，天理不容啊！"

我同情那位死去的母亲，也极度厌恶杀母抛尸的禽兽儿子。但我们看待任何一件事都应多角度去看。

我们身边不乏这样的人：他们非常善良，一辈子勤勤恳恳，从来不会去做昧着良心的事，当别人求助时，总是尽自己最大的能力去帮忙，他们愿意为了孩子，默默地奉献自己的一生，即使孩子的行为已经非常不堪，一次次地让他们伤心，但当孩子提出要求时，依然不遗余力地满足，即使这个要求很过分并且超出他们的能力，直到有一天，他们再也无法满足节节攀升的要求。当旁边有人提醒他们不要这样做时，他们完全是一副慈父慈母的形象："毕竟是自己骨肉啊！总不能坐视不管。"

我们身边也不乏这样的人：他们能力不错，已经拥有一定的成就，在家族里是顶梁柱式的存在，被身边的亲人依赖着，在一定程度上担负着亲人的生活，有时还要面对各种各样无理的要求。他们不笨，知道有些要求很过分，从内心上讲，他们也很排斥这种要求，可是因为亲情，因为名声，因为其他各种原因，他们一次次地违心答应了，看着越来越没出息甚至出现无赖嘴脸的亲人们，一种窒息感挥之不去。

在很多人眼里，他们很善良，重亲情、讲良心，可正是这些人，缔造了无数白眼狼。

比如那位死去的母亲，从小爱儿子爱得死去活来，无论孩子的要求过不过分，只要他要，只要她有，便不会说一个"不"字。在儿子眼里，妈妈一向是不会拒绝的，他习惯了向妈妈索取，也习惯了妈妈爱他，而她却没有教会他也要付出，也要爱自己的父母，硬生生地用她的善良和满腔母爱把自己的儿子送上了绝路。从这点来看不能不说这位母亲一点责任都没有。

去年年底，我母亲的家族发生了一件大事，年近四十的表哥欠下几百万高利贷跑了。所有的人都震惊不已，一边痛骂他，一边商量对策该如何解决这件事。

我一点也不惊讶，这是迟早的事，早在六七年前，他欠下几万赌债，父母帮他还了，前年，他又欠下几十万，父母和亲戚又一次替他摆平了。这几年，他已经陆陆续续把家里全部掏空了，所以这一次，父母已经无能为力。

没过几天，舅舅过来找我母亲，希望她能够帮她侄子一把，其实我清楚，我母亲哪有这个能力，舅舅只是希望她对我们开口而已。望着舅舅花白的头发，泛红的双眼，我心里也很难受，但我一直觉得，现在这个结果，正是他们一次次纵容导致的。

我始终认为如果他们不在第一次的时候毫无原则，事情就不会发展到现在的地步。舅舅哽咽着说："不管怎么办？难道看着他去死吗？毕竟是自己的儿子。"

这话听起来很有道理，是亲人啊，怎么可能眼睁睁地看着他受罪而袖手旁观呢！但理智的人都明白：这一次不管，他不会死，而一次次地摆平，却真的会让他走上不归之路。

当天晚上，母亲就提出希望我们帮帮舅舅的想法，我立刻拒绝了，母亲很生气，觉得我不念亲情，见死不救，好多天都不待见我。

后来，母亲无意中得知我和先生在资助山区的小朋友念书，她无奈又困惑地问我："你到底是个无情还是善良的人，为什么你可以帮助从没见过面的孩子，却不肯帮帮你嫡亲的表哥呢？"

我没有解释，因为在母亲心里，亲情要高于是非对错，母亲整个家族的人都奉行这种价值观。

先生问我，如果我表哥欠下的不是几百万，而是几万块，我会不会帮。

所以，我想到了另一个问题，很多人对待一件事的态度往往不是取决于事情本身的对错，而是取决于事情的大小，事情小随便说两句就完了。终于有一天，小事成了大事，而导致这一切的，恰恰是那些"善良"的人。

我曾学过一段时间的心理学，大致能够演绎出这种"善良"背后的深层原因。从外部来看，做一个是非分明的人，代价很大，时常要遭受来自他人的误解和指责，但做一个"善良"的人，代价却是最小的。即使有一部分人开始质疑某些"善良"行为，始终会有另外一部分人为这些行为辩解。从内心而言，做一个有原则的人，内心时不时地要遭受煎熬，内心不够强大便很容易妥协。与其说是选择了做一个"善良"的人，倒不如说是输给了自己。

有人说过：这世间最大的恶，往往以善良之名到处横行。

当善良失去原则的时候，可能它比恶还恶，它的可怕之处在于披着善良的外衣，轻易就能得到很多人的理解与宽容，然后让这种观念蔓延开来。对于明显恶的人，比如那个儿子，所有人听到他的行为就会不齿，没有人会去提倡效仿，所以他的恶不会蔓延，而那位母亲即使在这件事里有很大的责任，但大多数人不会也不忍去追究她的责任，甚至还会感慨一声：可怜天下父母心！

没有原则的善良，就是这世间最大的"恶"，它最大的危害在于混淆大众对事情的正确判断，甚至凌驾于事理之上，真正的恶很容易辨别，而这些廉价的善良却让人如鲠在喉，进退两难。曾经有人贩子被抓，一些人同情地说："都是因为穷没办法啊，不然谁愿意去做这种事呢？"

这个世界，从来不缺泛滥的善良，缺的是理智和克制。当善良没有原则毫无节制地横行在这个世界上，它将成为最大的恶，因为它以善良之名制造了无数恶人。

(18)

没有一种人生不辛苦

最近有个90后的小美女跟我说,她很想换工作,现在的工作是家电售后,有些客户一出问题,不分青红皂白就破口大骂,而且经常加班,薪水又不高,觉得很辛苦。

我问她想找什么样的工作,小美女一边想一边说:"最好是薪水高一点,时间自由一点,工作轻松一点,权力大一点,受人尊敬一点。"

我笑着打趣道:"让我想想什么样的工作符合你的要求,我看你们公司董事长这个职位和你的要求挺接近的。"

小美女嗔道:"晚情姐你好坏啊,董事长哪里轮得到我当啊?何况董事长也不是那么好当的,我看他有时候开会开到连饭也吃不上，也很辛苦的。"

我说人生都辛苦，不同的人生有不同的辛苦，有的是身体上的辛苦，有的是精神上的辛苦，但是没有一种人生不辛苦。

小美女怀疑地看着我："我觉得你就不辛苦啊，时间很自由，天天面对大堆的珠宝翡翠，又高雅又赚钱，闲了就写作。而且你还有个好老公，经常带着你去全世界玩，要是我能像你一样，我就满足了。"

她有这样的感觉，我并不奇怪，身边很多朋友都觉得我的生活很完美，可以做自己喜欢的事，不需要为钱烦恼，但那也只是表面而已。这种生活的另一面是什么呢？珠宝翡翠需要极强的专业知识，选货时根本没有人可以代劳，无论多热多冷，我都要亲自去源头市场选我满意的东西，一天走上七八小时最正常不过。刚开始那段时间，同行朋友问我：翡翠行业可不像大家看到的那么风光，是极其辛苦的一个行业，你吃得了这个苦吗？当时我以为他们有夸张的成分，满口答应。后来我才知道，他们不但没有夸张，事实上远比他们说的辛苦一百倍，好几次，我差点想放弃。而大家所看见的，只是我将一款款设计好的精美翡翠呈现在大众眼前，自己身穿手绣旗袍，戴着价值不菲的珠宝谈成一笔笔生意，轻松体面地赚钱。

羡慕我写作的人，比做珠宝翡翠的人更多，因为能够出自己的书，是多么值得骄傲的事，不但可以拿版税，还可以出名，万一哪部畅销了，那就名利双收了，这是一个多么大的诱惑。

但是一直看我书的读者会发现，以前最多的时候，我一年出过四本，而这几年来，每年只出一本。因为写作需要长时间盯着屏幕，眼睛干涩甚至刺痛，视力也有所下降，经常觉得头昏脑涨，尤其是腰，长时间久坐使我的腰经常酸痛不已。先生见状，只好控制我写作的时间，但有时候出版社要求尽快把定稿发过去时，我依然会熬夜写作。可以说，所有光鲜的背后，都是辛苦甚至代价。

小美女听我说完，还是有点不太认同："晚情姐，我听说你刚毕业时就进了当地最大的公司，而且还是很好的职位，我就没有你这种运气。"

是运气吗？我相信运气的成分确实有一些，刚大学毕业时，我没有经历过辛苦投简历面试的过程，很顺利地就被录取了。

当时我并没有当一回事，还是招聘我的经理告诉我："你知道吗？你这岗位很多人投简历的，几轮面试后还有好几十人呢，能进来是很不容易的。"

有一次，董事长和我闲聊，我问他："当初是什么原因让您决定录取我的呢？当时这个岗位要求有经验，而我什么经验都没有。"

董事长哈哈大笑，然后给了我一个令人完全信服的理由："最后一关时，还剩三个人，其他两个都有工作经验，这是你的劣势，但我最终还是决定录取你，因为你是名牌大学毕业的。你可能会认为大学不能代表什么，但它起码说明两件事。第一，你的学习能力不错，经验的话，你工作几年也会有。第二，能考上名牌大学，说明该学习的时候，你学习了。你能在这一时期出色地完成你的学业，说明你知道什么时候该干什么事。"

在这之前，我也抱怨过高考制度，抱怨学习太辛苦，但是这一刻，我觉得所有辛苦都是值得的，它使我未来的路越走越宽。

每个大家眼里的成功人士，在他们通往成功的路上都是一路艰辛，有一位名人说过一句话："吃小苦，拥有小成就，吃大苦，拥有大成就，以前真的觉得辛苦，但现在回头看看，我只想感激那个阶段生活对我的磨炼。"

前几天，我参加同学聚会时，大家聊得最多的就是毕业后的发展，有的觉得日子越来越辛苦，有的却发展得越来越好。我仔细观察了一番，日子越来越辛苦的同学之前的生活都相对安逸，发展得越来越好的同学一开始都过得比较辛苦。有人问创业的同学："这么辛苦，值得吗？"同学回答："值得，创业本来就辛苦，如果创业那么轻松容易，谁都会去做，谁都能成功了。"

另一位同学说："人生真的很不公平，你看那些富二代、官二代，天天无所事事，纸醉金迷，占用了这个社会最好的资源，却从来不需要自己努力。"

又过了一段时间，这个同学告诉我们，现在他再也不羡慕那些"二代"了，前两天，他家附近发生了一个悲剧：一个富二代开着老爸给他买的跑车，半夜里喝得烂醉，直接冲到河里淹死了。

我先生认识一位高僧，有一次我们去拜访时，先生说我："她就是闲不住，本来我赚的钱足够她养尊处优地生活，但她非要自己折腾，我是真不愿意看她吃苦。"

大师笑笑说："其实这位施主比你更有慧根，她知道现在多吃一些苦，以后就会舒服很多，人这一辈子所受的苦是有定数的，现在吃完了，未来就是享福了，如果你真的爱她，就不要提早让她消耗完自己的福报。"

大师的话，我很认同，年轻时辛苦，那不叫苦，年老时的苦，那才是真正的苦。

（19）
只要你有勇气承担所有结果

梧桐是我认识的一位网友，我非常佩服她，当我直白地向她表示我的佩服后，她受惊似的说："你别开我玩笑了，在别人眼里，我遭遇了老公出轨，并且还很没骨气地选择继续维系婚姻，哪里值得你佩服。"

梧桐的故事要追溯到我写《豪婚》的时候，当时她在后台给我留言，说想把自己的故事说给我听听，很想知道我对她的事会怎么看。

其实梧桐的故事并不特别，只是很多婚姻中的一个缩影。她和老公双双毕业于一所名牌大学，毕业后各自找到了不错的工作，为了给她一个美好的未来，老公决定和朋友一起创业。创业很成功，两人很快就有了自己的房子和车子，梧桐30岁那年，他们决定要一个孩子，为了孩子和老公的事业，梧桐辞职做了全职妈妈。

一年后，孩子出生，老公的公司又上了一个台阶，梧桐很幸福，彻底开始了全职太太的生活。

因为老公不喜欢保姆住在家里，所以他们只请了一个钟点工，每天到家里来打扫两个小时。每天早上，梧桐就早早起床给老公和孩子准备营养早餐：鲜磨豆浆、荷包蛋、白粥，然后陪孩子玩耍，孩子睡了就看看电视或上网看看帖子，中午给孩子做点吃的，下午把家里收拾一遍，晚上不管老公回不回来吃饭，都会做上四菜一汤等着。

老公并没有因为她待在家里而对她有所轻慢，尤其在物质上，对她非常大方，每年也会带她跟孩子出国去度假。梧桐觉得这样的生活很好，她本来就不是什么女强人，向往的不过是平凡家庭的夫妻生活而已。

就这样，孩子渐渐长大，梧桐也整整幸福了十几年，她觉得生活对于她，真的很厚爱了，有可爱的孩子，有上进的老公，一切都是那么美好，她一直以为这一辈子大概就会这样直到终老。

直到有一天，一个女人在小区门口拦住了她，告诉她已经和她老公交往一年多了,他对她只有责任,早就没有爱了。

梧桐告诉我,那一刻,她觉得自己的世界瞬间结成了冰,听起来似乎很矫情,却是她在那一刻最真实的感受,她不知道怎么回到家的。但是看到家里的一切,她强迫自己平静下来,冷静地考虑未来的生活。老公似乎知道那个女人来找过她,也供认不讳,表示如果她不离婚,他会和那个女人做个了断。

当梧桐跟我说这些时,已经距离她发现老公出轨半年了,她选择了继续维系婚姻。

我问她这半年来过得好吗?

梧桐非常平静地告诉我,刚发现老公出轨时,离婚的念头最强烈,她几乎想立刻离开这个不忠的男人。可是这十几年来,她已经脱离社会很久了,也已习惯了养尊处优的日子,重新回到社会上打拼,她没这个底气,衡量了很久,她选择了原谅老公。

我佩服她是因为她对我说的一番话。

"有人觉得我是为了孩子所以才委屈自己,其实我自己最明白,我只有两条路可选,一是选择离婚,放弃现在优越的生活,未来的日子我要重新打拼,接受生活的考验;另一条路就是原谅他,继续现在的婚姻,去忍受他对我的伤害。无论哪条路,对我而言,都不容易。那段时间,我看了很多别人的故事,有的选择了离婚,却没有从离婚阴影中走出来,有的选择了原谅,却一直疑神疑鬼。我告诉自己,无论选择哪条路,都要为自己的选择承担所有后果。我没有离婚的勇气和资本,我选择了原谅。他说他会跟那个女人断了,其实我根本不相信,哪有说断就断的?只是更加小心和隐蔽罢了,我能等的只不过是他们相互厌烦而已。当我愿意为自己的选择承担结果时,心里反而好过许多,只要愿意为自己的选择承担,其实哪条路都可以走得下去。"

当时,我便心生钦佩。

我遇到过很多遭遇婚姻危机的朋友,大多痛苦之后选择的也是继续婚姻这条路,但大多数人是一面继续一面痛苦:"为什么我原谅了他,他又一次伤害了我呢?""我一想到他曾经背叛过我们的婚姻,我就恨不得杀了他。"

如果选择离婚,先问问自己,能不能承受别人的议论,能不能接受生活条件不如从前,能不能承受未来一段时间的孤独?如果答案都是肯定的,那么选择自在你心。选择不离婚也是一样,问问自己,能不能接受已经有瑕疵的婚姻,能不能承受他有可能第二次伤害,如果能,那选择不离婚也没什么。最糟的是,离了婚,原本以为会有一个全新的未来等待自己,结果却发现现实和自己的想象差距很远；或者原谅了那个男人，原本以为他会感恩戴德，结果却发现他又一次欺骗了自己，于是，更加痛苦。

我有位朋友是个公务员，不想一辈子在单位里朝九晚五，他想开一个蛋糕店，专门为高级客户定制，已经做过前期调查，大概需要投入180万。因为我的翡翠生意挺成功，所以就来问我的意见。

我只问了他一个问题："如果创业失败，180万血本无归，这样的结果你能不能承受，如果能，那就义无反顾地去做吧！"

三个月后，他的蛋糕店开张了，听说生意兴隆。我生日那天，他拎了个很大的蛋糕过来，他说我那番话彻底消除了他心里最后一丝犹豫，既然连最不好的结果都能承受，那还有什么可担心的，一路朝前努力去做就是了。

我们的惯性思维通常是这样的：选择一份爱情，出现在眼前的就是白头偕老，一旦分开，便觉痛不欲生，万念俱灰；选择开创事业，出现在眼前的就是金杯银杯斟满酒，高高举过头的繁荣场景，一旦受挫，便觉时不予我，萎靡不振。

当然，这样的想法并没有错，谁都是奔着幸福生活去的。可是，不管我们的预期是多么美好，任何事始终是一体两面的。

生活中，很多人做决定时，只考虑好的一面，也许潜意识里也想过最坏的结局，但总抱着侥幸心理，认为自己不会那么背。于是做出超出自己承受能力的决定，最终又不能为自己的选择负责。

事实上，那些评估过所有可能性的人，才会赢得最好的结果。因为事先想好了最坏的结果，反而会让人甩开思想包袱，尽情地去施展自己的才华。

我们做每个选择之前，应该先想一想，我能承受最坏的结果吗？这么做的好处是能使自己清醒地认识这个选择的优势与弊端，即使真的出现了最坏的结果，因为事先已经有了心理准备，不会一蹶不振，甚至已经想好了应对之策。

任何选择都是有风险的，谁都不能保证自己的选择一定是好结果，当我们有勇气去做一个决定时，也要有勇气承担所有的结果。

每个人都有权利选择自己的事业、伴侣和生活方式，关键是——你要能够承担所有的结果。

(20)

只有一种渣男值得感激

午觉醒来,看见有很多微信,大多是阿紫发来的,前面都是她小女儿周岁的照片,照片里的小女孩粉雕玉琢,笑得十分可爱,旁边是阿紫幸福的笑容,温柔地凝视着小女儿,最后是她长长的留言:晚情姐,直到现在我才明白你当初对我说的话是什么意思。昨天我去学校接儿子遇见他了,他过得挺不好的,所以又想起儿子来了,但是我已经不恨他了,因为我现在很幸福,我甚至不敢想象如果我继续那样的婚姻,现在是个什么状态,当初我一度以为离婚就什么都完了,现在我才知道在不幸福的婚姻里才是最要命的。

放下手机,我心里无比轻松,阿紫口中的他就是她的前夫。三年前我认识阿紫的时候，她虚岁刚刚30，因为结婚很早，有一个8岁的儿子.她是看了我那本《有多想要，才有多幸福》找到我的，因为前夫和她闹离婚闹得很严重，她急需抓到一根救命稻草。

那时候她前夫32岁，事业上小有成就，刚刚被提拔为部门负责人，收入顿时翻番，阿紫还没高兴两天，前夫就提出协议离婚，理由是他爱上了一个女客户，那个女客户比阿紫温柔体贴，而且能在事业上给他很多助力，所以他毫不犹豫决定停妻再娶。

阿紫当然不愿意离婚，生活刚刚好起来，辛苦栽种的果树终于结果了，却被人中途摘走，她如何甘心？还没等她想出什么对策来，前夫在某天下午提前回来，把自己的衣物和生活用品全部拿走，以自己的实际行动表明离婚的决心。

这个举动几乎摧毁了阿紫所有生活的勇气，当时她正打算以自己的柔情和孩子去挽回感化老公，可对方却根本不给她这个机会。她费尽周折终于找到老公，对方只甩给她一句话："有谁规定结婚了就不能离婚吗？如果你不肯协议离婚的话，那我只好去起诉你了。"

这个男人没有给阿紫任何一点希望和转圜的余地，我和阿紫也就是在这个时候认识的，她当时跟我说的第一句话是：只要可以不离婚，无论怎么样都可以。她甚至做好了二女共侍一夫的准备，可是她愿意，对方女的却不愿意，而她老公一门心思只想跟她离婚，更不会给她丝毫机会。

某天晚上，阿紫给我发了一条消息：曾经海誓山盟的男人都可以如此绝情，这个世界上还有什么人值得我相信？这个世界太冷了，不知道我现在从九楼跳下去，他会不会难过？

我当即把阿紫狗血淋头地骂了一顿，我告诉她对方绝对不会难过，就算真的有点难过，没几天也就过去了，该吃饭还吃饭，该结婚还结婚。真正难过的是她的父母还有孩子，到时候因为孩子失去了母亲，她老公不得不担负起抚养孩子的责任，但是至于对孩子如何抚养，尽多少心，以他现在的表现，大概也能估计得到，真正可怜的是白发双亲和孩子。对你的生死，只有爱你的人才会在乎，不爱你的人，你的存在对他而言本来就是累赘，你自己替他解决了这个麻烦，他连婚都不用离了，财产也不用分割了，你真是为他做了一件大好事，不信，你死死看！

阿紫真的试了，她发消息给对方，如果对方再不出现，她就离开这个世界，而她老公只回了一句：别想用生啊死的来威胁我，你是生还是死是你自己的选择，别赖到我身上来，又不是我杀了你，反正这个婚我是离定了。

正因为这个消息，阿紫彻底死心了，也清醒过来了，从阳台爬下来后，她就决定离婚，不再为这样的男人浪费青春和感情，但是，更令她寒心的还在后面。本来阿紫以为自己同意离婚，又要抚养孩子，对方会把房子给她，起码让他们母子有个安身之所，但是对方却要她带着孩子净身出户，只肯给她两万块钱。阿紫在日志里写道：在我遭遇离婚的这一段时间里，我以为已经到了最绝望的时刻，但是第二天醒来，永远会有更绝望的事情等着我。

由于阿紫从来没有想过会离婚，在财产上吃了很大的亏，房产证上登记的是男方的名字，首付是男人付的，按揭是男人按揭的，她的收入全部花在家里的日常开销上，而她又无法证明。当时我很想帮她一把，但是看完所有信息后，只剩一声叹息。

阿紫反反复复地问我："为什么男人变起心来，可以变得这么彻底？难道这么多年的夫妻情分他一点都不念吗？"

我记得我当时是这样说的："你念情分，不代表对方也念情分，你觉得这段婚姻是你生命中非常值得珍惜的，但这不代表对方也这样想。他的话很难听很绝情，但是从某一方面来讲也没错，他确实有离婚的自由，只要他觉得在这段婚姻中不快乐，他有权选择结束，重新选择。也许你觉得他的做法太无情太冷酷了，但是凡事一体两面，如果他爱上了别人，却不愿意做出选择，始终在两个女人之间游走，那会是你更大的灾难。现在他绝情到底，你不会再对他抱有任何希望，这样有利于你重新开始。"

我不知道当时阿紫听进去多少,一个月后,她和对方办妥了离婚手续。在多方力量的作用下,她分到了八万块钱,对方每个月支付儿子一千抚养费,只是据说后来一共才给过两次,阿紫讨要几次后,心力交瘁,干脆放弃了。

当所有的希望都破灭后,阿紫选择了自力更生,她盘了一间小店面,经营早餐,很多人知道她的遭遇,很是同情,好在阿紫虽然辛苦,但生意不错。有了一点积蓄后,阿紫又盘下另一间大一点的店面做烘焙,由于她的自强和乐观,很多妈妈都愿意带着孩子上这儿来。阿紫的生活渐渐走上了正轨,阿紫跟我说以前还不知道自己有经商的才能,没想到被生活逼出来了。

而她的感情也开始柳暗花明。现任老公对她细致体贴,不久后,两人有了一个可爱的小女儿,阿紫的生活重新进入了幸福快乐的模式。

我还认识另外一位女性,也是遭遇离婚,但是男方一会儿坚持要离婚,一会儿又情意绵绵,当男方坚持要离婚的时候,她觉得天都塌下来了,而对方顾念旧情时,她又觉得生活充满了希望,这样的日子整整持续了五年。前段时间我们遇见,我无法形容那种感觉,就是觉得她整个人都不好了,浑浑噩噩的。

很多女性在遭遇情感打击的时候,总觉得对方应该顾念旧情,但我认为:若爱,请深爱,若弃,请彻底!

(21)

所有的改变，最终受益的都是你

我发表《你与其他女人有何不同》这篇文章后，收到了很多读者朋友的留言，有一类留言令我非常担心，其中一位朋友写道：男人都希望自己的女人上得厅堂，下得厨房，还能一起赚钱养家，哪个女人不希望自己优雅高贵，能力卓绝，但我们只是女人，带得了孩子就养不了家，赚得了钱就顾不上孩子，不能要我们什么都会吧？再说了，男人自己呢？他们能力很强吗？他们自己还不是抱得了砖就抱不了我们，抱得了我们就抱不了砖？既然男人也不是那么优秀，凭什么要求我们就得出类拔萃呢？

我不知道有多少女人支持这样的观点，但是我在生活中经常会听到，可见这种思维并不鲜见。这使我想起了一个人，她是我的邻居，严格来说是我母亲的邻居。她的一生都在努力践行这种思维。

我们两家住得很近，打从我有记忆开始，她就是我家的常客，她家有个风吹草动，不消几分钟我们就全知道了。她的性格属于泼辣型，得理不饶人那种，尤其是声音，只要她一到我家，即使我在楼上关着门都能听见。

偶尔他们夫妻两个一起过来串门时，我就会听到这样的对话。女的高声讲着家长里短，男人在旁边提醒道："你说话就不能小声点吗？搞得好像在跟谁吵架似的。"女人把眼一瞪，毫不客气地回敬道："怎么？嫌我粗鲁？我说话就这样，看我不顺眼就离婚啊，你也不看看自己什么德行，凭什么要求我？"

我母亲偶尔会私下里劝她别这样，给男人留点面子，女人温柔点才不会吃亏，她会非常不屑地说："这话我就不爱听了，他才赚几个钱？就对我挑三拣四了？等什么时候他大把大把地往家拿钱，他才有资格要我温柔。"

对于她这些行为和言语，她婆婆自然不爱听，有时候就会说她两句，她会当面顶回去，事后会跑到我母亲这里大声控诉："你不知道那老太太多有意思，她不去挑剔她儿子，倒会挑剔我。她家又不是豪门，凭什么对我要求这么多？她也不看看他们自己的条件，还要我贤惠温和，真是好笑，我当然会贤惠温和了，可是他们配吗？"

从内心上讲，我是很不喜欢她的，而且很不愿意她天天来我家，但是我母亲不愿意让我得罪她，母亲私下里跟我说："你又不是不知道她那张嘴，你要是得罪了她，还不知道她怎么到处说你呢。你不喜欢她，她来了你上楼就是。"

于是，只要她来，我就一声不吭地上楼。她知道我不喜欢她，但是她不介意，就像她知道她公公婆婆不喜欢她，也无所谓一样，因为大家都拿她没办法，她对这种状态非常满意，觉得大家都怕了她。

后来我念中学住校后，她就渐渐淡出我的视线了。几年前我母亲突然又跟我提起了她，在她五十多岁的时候，她老公跟她提了离婚，女儿也不愿意接受她，理由是她那张嘴太刻薄了。我母亲劝她该改改脾气了，她把脖子一梗："我为什么要改？我已经活了大半辈子了，改不了了，再说了我为什么要改？他们自己就做得很好吗？"

后来，她老公跟她离了婚，最后跟她说的话是这样的："我是没什么大本事，但就算我再不好，我都不想再跟你过了。"

前段时间我回去时又看见了她,她微笑着跟我打招呼,热情地问我最近怎么样。我愣了好久才回过神来说:"戎阿姨,您变化好大啊!"

她不好意思地笑笑:"我活了大半辈子才开始明白,才知道以前是多么惹人嫌。"我也不好意思地笑笑,她又关心了我几句才别过。

她离去的身影有些落寞,也许在后悔为什么没有早点改变吧!我看着头发渐渐花白的她,心有戚戚焉,如果她早点努力去追求更好的自己,也许现在她依然有个温柔的家,有丈夫陪伴,有女儿探望,如今的改变应该也是她痛定思痛后的醒悟。

有些女性朋友一直有一个误区:男人也没那么优秀,凭什么要求我更好?所以拒绝改变提升自己。因为我们都知道,改变自己是件非常困难的事,要付出很大的决心和努力,提升自己亦是件辛苦的事,起码比吃喝玩乐、浑噩度日要辛苦百倍,尤其是认为身边的男人并不值得自己做这么大的努力时,立刻找到了放弃的理由。这是女人犯的一个最大的错误,我们努力使自己更好,并不是为了任何人,而是为了我们自己,为了我们能够选择自己的生活,配得起更好的人生。基于这一点,不管我们再努力再用心都不为过。

我们总是模糊了一些界限，比如小时候父母要求我们好好学习，争取考上名牌大学，某次我们没有考好被父母责备时，经常会这样想：他们小时候成绩也许更糟呢，现在成了父母后就逼着我们考好学校，干吗不自己去考啊？

可是如果我们学到了很多知识，考上了好学校，最终受益最大的人是谁呢？

如果一个人让自己变得更好是为了别人，那么这一生始终都无法真正主宰自己的命运，我们所有的努力，最终受益最大的都是自己，既然一切都是为了自己，那还有什么理由不好好努力呢？

尤其是未婚的姑娘们，努力完善自己确实要比逛街、美容来得辛苦，但是未来的日子却会越来越轻松，当你足够好的时候，会有更好的男人来与你匹配。所以，我们不要埋怨身边的男人不好，选择什么样的男人，很大程度上是取决于自身条件的。

（22）
别把悲剧演绎成连续剧

子轩是我在做义工时认识的,当时她遭遇婚姻危机,过来寻求帮助。

那年子轩40岁,有一个14岁的女儿,老公做工程赚了些钱,所以她不需要工作,只要在家照顾好女儿就可以。可是最近这几年,她一直听到一些传闻,说她老公在外面又找了个女人,而且两人还有了孩子。起初她并不相信,也试探过老公,却被对方以没事别胡思乱想打发了。所以她安慰自己,也许是别人嫉妒她现在的日子富足。

但是两个月前的一个下午,一个电话将她打入了冰窖。那天下午她还在午睡,一个女人打电话给她,说和她老公认识三年了，儿子已经两岁，现在又怀孕了，她老公早就不爱她了，希望她主动离开。

接完电话，子轩整整哭了一下午。晚上老公回来时，她愤怒地质问他，老公没有否认，平静地给她两个选择：一是离婚，二是接受对方的孩子。但她既不想离婚，也不想接受私生子，她希望老公能够念在多年夫妻之情，果断和对方断了。但老公明确表示，就算能和那女人断了，也不可能和儿子断了，那可是他家唯一的儿子。她威胁老公，如果一意孤行的话就把这事告诉公婆，老公却不屑地告诉她，自己的父母早就知道这些事，并且已经认了那个女人和孩子。她恍然大悟，难怪这几年婆婆对孙女冷淡，原来是有了孙子啊！

最让她接受不了的是，清明节时老公提出让那个孩子一起去扫墓，婆婆也过来帮腔，表示那女人不会去，只是让孩子过去，毕竟这也是她孙子。子轩反应非常激烈，和老公、婆婆大吵一架，绝对不允许那个孩子在清明节时出现。她以为婆婆和老公多少会顾忌她的感受，毕竟她为他们家付出了这么多，没想到，清明节前一天晚上，老公通知她，孩子已经在他母亲那里，明天必然会出现，让她做好思想准备。她恨恨地说："如果你敢让你的私生子出现，那就别指望我和女儿出现。"老公甩给她一句话："你爱去不去。"然后头也不回地走了。

子轩又愤怒又伤心，来求助我们，她希望我们帮她想办法赶走那对母子，但我们认为对方已经有了孩子，要割断父子之情几乎不可能，而她又无法接受这个事实，所以我们建议她如果实在不能接受，可以考虑离婚，尽可能地争取财产，然后好好抚养女儿，调整好自己，也许会有另一份幸福在等待她。

但她表示绝对不会便宜那个小三和私生子，我们给她做了很久的心理辅导，把利害关系给她分析得清清楚楚，当时她觉得有些道理，但没过两天，又钻回牛角尖了。

大概一个月后，她非常兴奋地告诉我，她已经想到解决办法了。我忙问是何办法，她得意地告诉我，她准备再生一个儿子，这样她老公肯定就会偏向她这边了，毕竟这是原配生的孩子，身份正大光明。我当时脱口而出："你别害了孩子。"

我告诉她："先不说你能不能生出儿子来，即使你也生了一个儿子，也无法改变另一个孩子存在的事实。婚姻中出了问题，应该理智地去解决，而不是制造更大的悲剧，万一你老公还是不为所动，那时候你和孩子怎么办？你有独自抚养的能力吗？如果最后结果不是你预期的那样，你能接受这个事实吗？"

但是她一句都听不进去，表示一定要试一试，也许她老公不在乎她，但是一定会在乎儿子的。

四个月后，她很高兴地告诉我，她终于怀孕了，希望我祝福她，给她力量。我当时听了，心里一阵悲凉，本来这婚姻已经是个悲剧了，如果能够及时止损，也许伤害就到此为止了，她却一意孤行非要再搭上一个孩子，祝福的话我是无论如何都不想说了，我只送给她四个字：好自为之！

果然，没过几个月，她又哭哭啼啼地来找我，说她老公不关心她，她怀孕反应这么大，他问都不问一句，婆婆也很冷淡。我劝她再仔细想想："现在你老公、公婆都这样，你还能指望以后吗？趁现在还有机会，你再考虑一下是否放弃这个孩子？"

但是她坚决不肯，认为已经到了这个地步了，不管怎么样都要赌一把，她不确定地说："现在孩子在我肚子里，他们没什么感觉，等到孩子出生后，叫他们爸爸、奶奶的时候，他们能不爱这个孩子吗？"

我非常无奈地说："就算他们爱这个孩子，也不代表会爱孩子的母亲啊！就像那个女人，她也生了儿子，清明节他们只是让孩子去上坟，并没有让她去，对孩子好和对你好，那是两回事啊！"

后来，我一直回避了她，因为觉得实在太堵心了。

大概是一年后的某一天，我和机构里的老师吃饭，她问起我是否还记得子轩这个人。

老师告诉我她真的生了一个儿子，那个女人后来生的是个女儿，两人各有一儿一女，那个女人无法使男人离婚娶她，子轩也无法使男人断了那边的联系，两个女人各自带着一双儿女，憔悴不堪。听说男人对于子轩的儿子，生活费是给的，但是完全由她一个人抚养。面对这样的结局，子轩无法接受，不断找男人大闹，精神已经濒临崩溃状态。

我只想到了那个可怜的孩子，被她母亲带到这个世界，作为扭转自己婚姻的筹码，这一生等待他的命运不知道是怎样的。

我们谁也无法保证在婚姻中不遭遇挫折和失败，有的人痛定思痛，不断总结反省自己，让自己在挫折与失败中学习成长，最终拥有属于自己的幸福；而有的人一意孤行，一错再错，把悲剧演绎成连续剧。

（23）

低头付出，抬头看人

前两天，我看了一期综艺节目。讲的是一个男人得了比较严重的病，前妻立刻提出了离婚，并且带走了所有财产，还把儿子扔给了他。这时候，另一个女人走进他的生活，开始照顾这对父子的生活，在她的悉心照顾下，男人康复了。这时候，男人的儿子到了谈婚论嫁的时候，女方要求必须有房子才能结婚，于是她卖掉自己的房子给男人的儿子付了首付，还把身边的钱都交给这个儿子，作为给女方的聘礼，又为婚礼忙前忙后。当所有准备都差不多的时候，这对父子支支吾吾地告诉她：能不能不要出现在婚礼上，因为前妻要来，也担心女方的亲戚看到她的存在，不知道该怎么解释。

她在台上委屈地说:"我为你们付出了这么多,你们就这样对我吗?"

这个男人扭扭捏捏地说:"我知道你对我们好,反正你也付出这么多了,再为我们妥协一次又怎样呢?"

那个儿子毫无愧色地说:"我知道这几年来阿姨对我很好,我很感激,但是如果你出现在婚礼上,我不好跟女方的亲戚解释,我怕节外生枝,请阿姨体谅我一下。"

坐在旁边的嘉宾忍不住质问这个儿子:"这个很难解释吗?她见不得人吗?你打算结婚后永远不让别人看见她吗?"又质问那个男人:"他不会解释,难道你不会解释吗?"

这对父子被问得哑口无言,却坚持自己的做法,希望这个女人再为他们退让一次。

嘉宾又问这个女人:"你看到他们的嘴脸了吗?活脱脱就是一对白眼狼啊,这四年来,难道你没发现他们是这种人吗?"

女人哭哭啼啼地说:"我没想这么多,我只想真心为他们付出,他们也能够真心对我。"

嘉宾愤怒地问:"那他们真心对你了吗?这四年来,你感受到他们的真心了吗?你就丝毫没看出他们的人品有问题？"

女人反反复复地诉说着自己的付出，其他人纷纷摇头叹息，哀其不幸，怒其不争。

也许生活中的故事没有这么夸张，但是我们随处可见很多夫妻争执。前不久还有一位大姐向我哭诉前半生都奉献给了老公，为他生儿育女，洗衣做饭，伺候公婆，可是她生病动手术，这一家人竟然没一个人愿意照顾她，还是自己年迈的父母心疼女儿，过去照顾她直到出院。她问我："我为他们付出了这么多，他们怎么会这么没良心呢？"

我当时回答："你跟一个没良心的人讲良心，那不是自取其辱吗？"

但是后来我认为这个问题并不是简单的有良心还是没良心可以解释的。

我始终认为，一个人性格中的自私冷漠也许可以隐藏一段时间，却不可能永远隐藏。一般婚后一年内，所有的真性情也就暴露得差不多了。可是很多女人却经历了十年八年的婚姻生活之后还在问："他怎么是这种人？"我只能感到深深的悲哀，这么多年的相处难道你就一点都没发现吗？还是发现了没当回事呢？

我一直建议很多婚内的女性不要一心埋头付出，偶尔也抬头看看对方的反应,如果对方珍惜你的付出,并努力回报,那么可以继续付出。可如果对方的反应是理所当然,甚至变本加厉地索取,那就应该迅速调整策略了。可是很多女性却反着来,当她们遇到不懂珍惜、性格自私冷漠的另一半时,会更加拼命地付出,希望用真心来打动这个男人,但结果往往伤得很重,因为自私冷漠的人很难被感动,他们想要的只是更多的得到与好处。

遇到这样的人,离开是上上之策,如果真不愿意离开,那也不要完全毫无保留,把握好付出的尺度。

曾经有位读者问过我一个很有代表性的问题,她说:"晚情姐,我看过你的所有文章,有一点我想请教你,有的文章你鼓励女人要付出,但是有的文章你却让女人不要付出,那到底是付出还是不付出呢?"

其实我从来不会武断地去下一个结论。关于付不付出这个问题,并不是一定的,生活是多样化的,我们遇到的人也各种各样,付出与不付出的关键在于对方是个什么样的人。

我一位同学不幸嫁了个自私的男人,但我觉得她的做法还是值得借鉴的。婚前,这个男人掩饰得很好,完全是一副谦谦君子的模样,但是结婚没两个月就暴露出了本性。同学刚刚结婚不愿意离婚,再加上对这个男人也还有感情,可是她知道如果纵容下去，他会在婚姻中越来越过分。所以在之后的生活中，我同学严格按照：你怎么对我，我就怎么对你。我生病时你不理不睬，你生病时我也不闻不问，你对我漠不关心，我也视你如无物。

按我的观念，和这样的男人生活在一起已经没什么意思，但是如果真的不想分开，也只好如此。

起初，那男人对于我同学的反击非常愤怒，甚至以离婚相要挟。几个来回之后，知道我同学不是软柿子，倒也不敢太嚣张了。几年之后，那男人倒是改变了很多。

我问同学是怎么想的，同学叹了口气说："当时也没其他什么好办法了，我是抱着大不了就分手的信念去做的。其实，我只要表现出这种气势来，他倒不敢太过分了。"

后来我得出一个结论，对于自私的人，越是付出，他们就越加变本加厉地索取，但是碰到那些绝不迁就他们的人，倒会变得比较正常，真的没有人愿意迁就他们时，他们也会去改变自己。而且在他们刚刚表现出自私的那一面时，及时惩治，收效比较好，可是很多女人过于圣母情怀，一次次纵容男人的过分，最后就积重难返了。

所以说，纵容自私是比自私更严重的罪过，因为这是在替社会制造人渣。

(24)

不要当婚姻的守门员

我曾经因为完全看不懂球闹过一个大笑话。念中学时,学校组织足球比赛,同学叫我一起去给本班队员加油,因为我只懂琴棋书画,几乎没看过球赛,同学就交代我:"你不用看懂,只要球进了,你就拍手叫好。"我点点头,表示懂了。然后为了显示我热心参与班级活动,当一个球射进门后,我赶紧拍手叫好,同学急忙拉下我,郁闷地说:"对手进球,你鼓什么掌啊?"

之后,我就安静地看比赛,发现有个人似乎跟其他人不一样,就指着远处一个队员问同学:"那个人怎么老在门边转悠啊?"

同学告诉我,那是守门员,他的职责就是守好球门不让对方的球进门。

所以当前两天一位东莞的太太欣慰地告诉我,她找到了小三的住址和公司,上门进行谈判,告诉对方再不离开自己老公的话,就闹到公司里去,让所有人都知道她是个小三,对方怕了,答应会离开她的老公。她还告诉我,对付小三她最有经验了,来一个赶一个,这已经是她赶走的第六个小三了,如果以后我想写关于对付小三的文章,她可以倾情提供。

不知怎么的,我突然想起了守门员这个角色,只是她不是球场上的守门员,她是婚姻中的守门员。

几年前,我在一个情感群里认识了一位太太,也是广东的,她说丈夫出轨成性,她每天的主要任务就是捉奸,赶跑小三。

由于是在陌生的网上,我和她聊得比较深入。她告诉我,在她们那边,很多女人都是这样过的,跟踪丈夫,然后抓现场,逼丈夫和小三分手。

我不知道她是为了麻痹自己还是那边的婚姻状况真的有如此糟糕,我问她,赶跑了小三,还有小四、小五、小六,这样的日子什么时候是个头,难道不觉得男人才是关键吗?如果男人没有出轨之心,哪里需要这样草木皆兵呢?

她说,男人都是经不住诱惑的,这世上有几个男人不偷腥?她会这么说,我完全理解,就像大多数遭遇背叛的女人,不会想着要把丈夫怎么样,而是把所有愤怒都指向另一个女人，因为只有这样，才能给自己原谅的理由，也只有把所有男人同化，才能找到心理的平衡。

但这种论调我是非常厌恶的，本来遭遇背叛是件值得同情的事。可是有些女人虽然嘴里原谅了男人，心里还是觉得接受一个这样的男人很耻辱。于是给自己意淫一个假想：这个世界上的男人都是这样，并不是只有我一个人过这种日子。如果这些话只是拿来安慰自己，那也无可厚非，这些人的可恶之处是强迫别人认同这种观念，到处散播负能量。

先生曾经也听到过这种论调，当时他冷哼一声，反驳得令我叫绝："既然你认为男人出轨是天性，就跟人饿了要吃饭一样，那你就让你男人出呗，你还能不让人吃饭啊？反正全世界的男人都在出轨，你何必大惊小怪呢？"

说这话的女人被噎得半天说不出话，先生又补充了一句："如果我是你先生，我也肯定出轨，反正不管我出不出你都已经给我定罪了，我不出轨都对不起你。"

扯得有点远了，我们回到刚才的话题，我继续问那位太太："为什么要把自己弄成业余侦探呢？你有没有想过只要他没有灭了猎艳之心，你就永远不得安生，除非有一天他老了，玩不动了终于回归家庭，可是你的一生，也差不多了。"

她答非所问："女人最重要的就是婚姻，守护婚姻是女人的天职，赶走小三，就是守住了婚姻。"

我忍不住说："那你已经竭尽全力地去防止他出轨了，但他还是接二连三地出轨，这说明你的方法其实并没有用啊。除非你能够二十四小时贴身监视他，可是你能做到吗？如果你只是要求守住婚姻不离婚，而不在乎婚姻质量，那现在他就没说要离婚啊！"

大概我的话让她之前坚持的理由瞬间崩塌，所以此后她再也没有和我聊过。我知道，没有人能够叫醒一个装睡的人。

我始终认为，男人是看不住的，只要男人有想法，他总会找到机会。如果男人不珍惜这段婚姻，女人的守护又有多少意义呢？何况拿大好的青春年华去跟男人长年捉迷藏，值得吗？我观察了好几年，这些当了婚姻守门员的太太一个比一个面容憔悴，或者毫无生气，或者偏执尖刻，我想她们当初嫁给男人时，个个都是娇媚如花、生机勃勃的美丽姑娘，却生生把自己折磨得如同行尸走肉。

如果只是单纯地想要婚姻形式的完整其实很容易，只要女人妥协得足够多，我想大部分男人都不会再要求离婚，所以想要不离婚是容易的，可是要男人专心致志跟自己生活却是不容易的。可我们除了要婚姻，还应该要一个好婚姻，即使连文中的两位太太也不例外。

我问过第一位太太："虽然你把小三赶走了，但是你真的开心吗？这样的生活你不觉得疲惫吗？"

她突然放声大哭，好像要把多年的委屈和压抑哭出来一般："我怎么会不累，我早就心力交瘁了，我时时都要担心他是不是又找了别的女人，每天都要寻找蛛丝马迹，我觉得我的生活简直暗无天日，我没有一天是安心、舒心的。可是不这样，我又能怎么样呢？"

我知道她还会继续守，可是从她悲戚的哭声中，我明白守着一段不好的婚姻对女人的伤害有多大，那会彻底摧毁一个女人所有的生活信心和对美好生活的追求。

所以，不管男人还是女人，都不要做婚姻的守门员，我们每个人，只要做自己的守门员就可以了。而且，长久的好婚姻也不是守出来的，而是基于彼此欣赏、爱护产生的共度一生的念头。

（25）

有一种悲剧叫"轮回"

如果20岁时，有人跟我说嫁给一个男人之前先要看看他的家庭，看看他父母的婚姻模式，再决定要不要和这个人结婚，我会非常反感："到底是和他结婚还是和他父母结婚，难道他家庭不幸福就要放弃这个人吗？"甚至会圣母情怀发作，觉得这样的男人上半生得不到应有的温暖，更要好好待他，给他幸福。

等我25岁如果有人跟我说这话，我会一半认同，并且马上想好对策："反正我是嫁给他，如果不喜欢和他父母接触，那我就说服他把房子买得远一点，然后两个人过自己的小日子，他的家庭对我的影响是有限的。"

但如今我听到有些姑娘说"我管他父母怎么样，少接触不就行了？他父母又影响不了我"时，我多想告诉她们："跟你说这句话的人，绝对是为了你好，他父母影响不了你，但是能影响他，而他能影响你，所谓他家庭对你的影响，绝对不止是你眼睛所能看到的那些。"

"下次结婚前，我必须得先看看对方的家庭，如果父亲这个角色无足轻重，那我必须换人。"这是我的朋友小梁离婚后，痛定思痛对我说的话。

三年前，小梁结婚前身边有朋友迂回地提醒她男方的母亲特别疼儿子，当时觉得提醒她的人太好笑，哪个妈妈不心疼儿子？

直到结婚后，她才知道婆婆对她的婚姻影响有多大，虽然婆婆并没有想过要破坏他们的婚姻，但是很多行为却直指这个方向。婆婆几乎天天都在跟她争儿子，老公给她买件衣服，婆婆就会不高兴，直到儿子给她买件更好的，才会罢休。两人想去度个假，婆婆闲闲地开口了："反正我在家也没事，不如跟你们一起去吧！"小梁不乐意，老公为难地说："她是我妈，我怎么好意思拒绝？她会很伤心的。"

在这种拉扯中，小梁希望老公能站在自己这边，婆婆也想拥有儿子的绝对主导权。两个女人开始了一场没有硝烟的战争，但是这个战利品却先逃了，觉得这个家实在太窒息了，开始借口工作或应酬不愿意回家，直到有一天，他的身边出现了其他女人。

小梁离婚时没有孩子，这是我为她感到最庆幸的事，否则这种"轮回"也许会再次重复下去。

我一直认为现在的婚姻要比从前功利得多，这个"从前"就指这几十年，再远没借鉴意义。那时候大家都不富裕，只要两个人看上眼了，无论对方家里是什么条件，都一心一意嫁过去了，这样的婚姻往往能够走完一生。当然，这跟时代也有关系，那时候很少有人会想到要去离婚。

而现在的婚姻要讲究很多条件。我曾陪朋友参加过两次相亲聚会，当时给我的感觉就是条件交换，首先看对方的工作、学历、收入、家境。觉得这些都还可以，才会想着再看看这个人是怎么样的，对感情要求一般不会太高，大多要求人靠谱一点，要有安全感。然后在双方父母亲朋的催促下，没过几个月就结婚了。可真正影响他们婚姻最大的不是对方的家境，而是家庭环境。

我曾仔细观察过这种婚姻，发现这样的方式适合女性，但不适合大多数男性。因为女性进入一个角色远远比男性快，而且更容易接受现状。但男性则不一样，有可能他们已经结婚快一年了，还没进入自己的角色。所以女人就会觉得很没安全感，完全感觉不到这个男人跟自己生活的热情。于是，她会特别渴望安全感。大多女人获得安全感的渠道就是控制、抓紧。但男人哪里会愿意被一个女人控制呢？何况还是一个没多少感情的太太，这让他感觉窒息。而这些男人，幼年时大多经历过被母亲控制的命运，小时候没有反抗的能力，但现在不同，他有能力反抗了。他必须逃离这种掌控，所以他以各种方式和借口逃避太太。

这么一来，女人就更没有安全感了，一旦缺乏安全感，就更想抓住什么，简直就是个恶性循环。等到有了孩子，她突然发现老公不受控制，但孩子却完全依赖她，顿时重新找到了人生目标。如果这个孩子恰巧是个儿子的话，那他既要扮演孩子的角色，还要替代爸爸的位置，以弥补妈妈的情感空虚。

这个小家伙的出现，转移了女人大部分的注意力，对丈夫的掌控欲望一下子就下降了很多。男人发现孩子的出现使自己重获自由了，他急于享受这份难得的自由，根本不会去探索这背后的可怕事实。

所以，女人一直和儿子形影不离地长大，这个儿子到了谈婚论嫁的年纪。理智告诉女人，孩子应该有自己的感情和家庭，所以她也会积极张罗儿子的婚事，可是情感上她并不能接受孩子离开自己，投向另一个女人怀抱的事实。所以处处挑剔儿媳妇，处处跟儿媳妇争夺儿子。

那么这个儿子会怎么做呢？情感上他觉得自己结了婚，应该有自己的生活，可是从小和母亲形影不离惯了，他无法脱离母亲的影响，也不愿意看母亲伤心，因为她几乎从来没有拥有过爸爸，如果自己再背叛她，她就太可怜了。基于这种心理，他会毫无原则地要求太太让着母亲，太太还不能不从，基于自古以来的孝道。而太太觉得自己才是和老公一体的，两个女人开始了一场错位的争夺战。

于是，这个儿子也像他的父亲一样，采取了逃避的方式。

所以很多家庭中，公公是缺席的，好像家里从来没有这个人似的，然后这种不健康的模式代代相传。

不是说家庭模式不健康的男人一定不能嫁，只是嫁给这样的男人，风险会比其他人高得多得多，不幸福的可能性非常大。

我跟先生在一起的时候，并没有现在如此清晰的逻辑，当时在一起完全是因为觉得他成熟、见识广博又待我极好，我很少过问他的家庭，他也很少提起。

直到关系确定去见他父母之前，他才大致跟我说了一下。甚至，当时他还是作为一项劣势来说，他说他父母不像其他父母那样愿意为孩子做牛做马，婚后如果我们想让他们来照顾那是不可能的，他父母乃至他爷爷那一代，最爱的人都不是孩子，而是伴侣。小时候他奶奶永远都把最好的先给他爷爷，然后才是孩子们，他母亲最在意的是他父亲，也不是他。当时我还笑着拍拍他的脸："好可怜的娃啊，以后我疼你。"他还告诉我，之所以很少提起，是因为他的家庭从来不会给孩子很多帮助，怕我介意这一点。

直到结婚后，我才知道这种家庭传承为我带来了多少好处。首先，婆婆从来不干涉我的生活，就算我把家里的房子拆了，她也不会来管我，无论我跟先生怎么样，她都不会来过问，最多就是叮嘱我们要照顾好身体。其次，婆婆很明确地表示：结婚后，你们就是对方最重要的人，其他人永远都是次要的。所以婚后先生处处以我为重，婆婆从来不会生气，她认为：这样才对，父母和孩子都是阶段性的人，真正要和自己走过一生的，还是身边那个人。另外，因为他父母从来不会给他提供太多帮助，所以极大地锻炼了先生的能力，他的责任感非常强。而先生，从小在爷爷奶奶和父母的婚姻模式下耳濡目染，他完全认同伴侣才是最重要的人，自然而然就会把我放在首位，事事以我为先，我永远不需要跟他父母争夺城池。

但婆婆不爱我们吗？我觉得她很爱我们，只是她的爱不是以掌控干涉的形式出现，而是以一种更高级的形式来表现："我只祝福你们，剩下的，你们自己努力。"

所以，我一直非常感激公公婆婆，我始终觉得我和先生能够幸福，他们居功至伟。

很多婚姻中的女人都说："要想婚姻幸福，除了要找到一个好老公，还需要一个好婆婆。"我则认为想要婚姻幸福，除了要找到一个好老公，也得看看他父母的婚姻是否幸福，这很大程度上也决定了你的婚姻是否幸福。

(26)
没有谁能预言谁的未来

周末,我和先生打算去九寨沟玩几天,刚上车微信就响个不停,先生有些不高兴:"谁啊,发个不停的。"这半年来我和他各自忙着自己的事业,难得一起出来玩,他希望这几天的时间能够属于彼此。

我只好把手机拿给他看,第一条:亲爱的,你说我离婚后还能找到爱我的人吗?第二条:如果我真的答应离婚,他会不会在某一天后悔了来求我原谅?第三条:如果身边的人知道我离婚了,会用异样的眼光看我吗?我想听听你的看法。

不等我说什么,先生先嚷了起来:"你又不是预言家,你怎么知道?这些问题根本没有答案,谁也给不了她任何保证,一切看她自己。"

微信里的人是我以前的同学,其实这样的问题对于我而言,已经是司空见惯的事。有时候我也会很无奈,因为我到现在也没有办法给出既不撒谎,又能使对方满意的答案。

可以说,婚姻恋爱中的大多问题,我都被问到过。被问到最多的问题就是:"晚情姐姐,你觉得他爱我吗?"如果我说不爱,对方会举出很多例子,证明男人对自己的用心;如果我说爱,对方会立刻问:"那他为什么对我这样呢?"

其他问题更是多不胜数。

遭遇背叛的人问我:"你说他会回心转意吗?如果我挽回了,我们以后还能幸福吗?"

遭遇分手的姑娘问我:"你说他还会来找我吗?我真想他,他是不是也在想我呢?"

老公彻夜未归的人问我:"你说他昨天去哪里了啊?会不会找狐狸精去了?"

这些问题,大多我根本无法回答,比如我同学的问题,离婚后能不能再找到真爱,这个问题只有命运才知道,也许她运气很好,离婚后立刻找到一个远比前夫更好的男人,也许很多年之内她都没有遇到合适的人,这个谁也说不准,只能说如果自己总结调整得好,再遇到合适男人的机会就会大很多,但是这也并非绝对。

离婚后他会不会后悔?如果他离婚后他的生活过得很不如意,也许会后悔;如果之后的生活比之前的婚姻幸福太多,那就不会后悔。至于他离婚后的生活怎样，只能由他自己决定，预先猜测分析其实都没什么用。

别人会不会用异样的眼光看自己？有的会，有的不会，即使不离婚，每个人也逃不开别人的议论，关键在于自己是否在乎，如果内心足够强大，别人爱说什么就由她去，自己该怎么样还怎么样。

挽回后还能不能幸福？这要看两个人的相处，如果两个人都积极去修复这段婚姻，真心关爱对方，那么随着时间的推移，这些事情会越来越淡，但对方是否愿意这么做，却是个未知数。问这个问题之前我认为先问问自己"如果我挽回不了，我能否接受婚姻失败"来得更为实际。

而有些问题，只有当事人才知道，比如他是不是也在想我，我老公昨晚有没有去找狐狸精，真的那么想知道答案，只能去问当事人，其他人根本不可能知道。

先生认为这样的问题，根本不用问，因为谁也无法预言谁的未来，但我完全理解这种心情，因为谁都年轻过，谁都有无助的时候。

我和先生吵架分手时，我也会问我的蓝颜知己："你说他真的跟我分手了吗？他还会来找我吗？"朋友为了安慰我，会很肯定地告诉我："会的，你们就是一时闹点情绪，他很快就会来找你了。"我会再问："那他什么时候来找我啊？"

现在回想起来，我这些问题真是足够令他郁闷的，无论如何，他都无法给我准确答案。万一回答得不准，我还会找他麻烦："你不是说他三天之内肯定会找我的吗？怎么还不找我啊？"

但我的蓝颜知己教会了我面对一个事实：但凡问这些问题，都是因为内心不确定，不够强大，希望别人能给自己一份保证。解决了内心的怯懦，再去看这些问题，就会发现，有些问题，时间会给出答案，有些问题，内心会给出答案，有些问题，根本没有答案。

我们不可能预知未来再去解决当下的问题，有些事，不用想得太远，更不用害怕。

决定自己要不要离婚，不是看以后还能不能遇到真爱，而是要看眼前这个男人是否还能给自己幸福。如果不能，那留在这样的婚姻里浪费时间青春又有何意义呢？即使未来真的没遇到合适的人，一个人过难道真的会比在这样的婚姻里受折磨更不好过吗？

被分手的人最希望离开自己的那一方悔不当初，落魄潦倒，很多人确实等到了，但是她们告诉我："当初夜夜梦见他后悔求饶，但是真的等到这一天，发现也没有想象中那么高兴，很多事情过去了就是过去了。"所以，即使对方没后悔，那又怎样呢？他走的那一刻，他的一切就与你无关了，无关的人和事何必如此在意呢？更多时候，别人内心的答案，你根本无法得知，如果把时间、精力用在这些地方，就是对自己最大的亵渎。

至于爱不爱，其实每个人心里都清楚，有的是需要再次确认，有的是想自欺欺人，但不管是哪种情况，内心会给出答案，即使内心暂时迷茫，时间也会给出答案。

我们所能做的，就是努力生活。大多事，只有做了才知道，如果一味犹豫、纠结，那就永远也无法知道答案，只会在未来陷入另一种假设：如果当初我选择了离婚，也许我过得比现在好一百倍。

我一个朋友爱上了一个画画的艺术家，很多人一听是搞艺术的，纷纷摇头，认为太不靠谱，但朋友却爱得轰轰烈烈，生猛无比，很多人劝她："什么人不好找，偏偏找个这样的，搞艺术的有几个靠谱的？以后肯定不会幸福的，赶紧换人吧！"朋友的回答充满哲理："以后也许我会幸福，也许不会幸福，但是如果我不跟他在一起，我现在就不会幸福，以后的事谁知道呢？也许是我先离开他也说不定，只要我有承担的勇气，跟谁在一起都不是问题，没有谁能够预言谁的未来。"

我不禁为朋友的豁达暗暗喝彩。如果我们能把考虑未来的时间用在经营当下，每个人的未来都会比原先更好。

20岁的时候，我们不知道30岁的生活是怎样的，但30岁肯定会到来。很多事情，急是急不来的，只要过好当下，顺应内心的声音，去选择自己的生活。

剩下的，都交给时间吧！

(27)

别人的智慧无法自动地拯救你

我有一个认识七年的朋友，是在一个讲座中认识的，当时她觉得和老公沟通有障碍，就报了一个幸福人生的讲座，我们碰巧坐在一起，相互留了联系方式。

一个月后，我问她有没有效果，她不高兴地说："不怎么样，还是经常吵，估计这些讲座忽悠的成分大。"

后来我发现，不是讲座对她没用，而是她那种"晚上想法万千，早上起来依旧"的性格，决定她不可能有什么实质的进展。

我们陆陆续续聊过很多次，主要聊怎么和伴侣沟通这个问题。

比如她跟我说："昨天晚上我们又吵架了，因为先买房还是先买车，我认为应该先买房，我们现在住的是老房子，而且面积很小，只有一室一厅，正好现在房价有所回落，刚好可以换套大一点的房子，但他要先买车，说每天上下班赶车累死了。"于是两人吵得不可开交，然后问我如果是我，我会怎么办。

我把我的方法告诉她，首先我会好好跟对方沟通，把自己想先买房子的理由陈述清楚，也听听对方买车的理由，分析一下当前先买房还是先买车，如果都坚持的话，就折中一下，房子稍微买小一点，车子就买个代步车，彼此都退一步。

她表示很受启发，但后来她还是跟她老公吵得不可开交，我问她："不是说要改变沟通方式的吗？"她不好意思地说："习惯了，一看见他非要买车的样子，就气不打一处来。"

我叹息一声，难怪古人说：江山易改，本性难移。

直到现在，她和老公的关系还是没有任何改变，但她始终都在孜孜不倦地学习两性相处的知识。有时候我想，但凡她能把学到的某一两点运用到平时的相处中，夫妻关系就会好很多。别人的经验再好，智慧再多，都不可能自动帮她解决相处问题，所以行动比知识更重要。

这些年，我在一家情感机构做义工。我的初衷是帮助那些感情受伤的人走出来，但我不得不承认：成功率相当低。起初我以为是我水平不够，或者是方法有问题，所以才帮助不了她们。后来和其他老师聊天才知道，原来她们也一样感到无能为力。

后来，我离开了那家机构。在那里，我见到过很多这样的人，她们愿意无数次听我们分析、建议，态度虔诚、求知若渴。但这始终改变不了她们对爱情孤注一掷，愿意倾尽所有，无论这段感情多么痛苦，无论明知未来是多么渺茫，都宁愿像个傻瓜一样任人伤害。明知自己爱上的是一个很烂的人，明知他待自己恶劣又敷衍，可却无论如何也不愿分开，我一直都想不明白她们究竟是为何要这般苦苦忍耐。后来才明白，就像电影里一个人被长刀刺穿，伤者总是会说一句"不要拔出"，如果伤得太深，那份伤和痛也就成为了身体中不可或缺的一部分，只得这样过下去。

但她们的意识还是清醒的，或者说理智还残存着，所以才会发出求救的信号。可当我真的想去帮她拔出那把会危及她生命的刀时，她会纠结再三，最后放弃得救的机会，因为她忍受不了那份痛，而我也只能眼睁睁地看着她渐渐流血而亡，无能为力。也正是这个原因促使我离开。

我也会遇到受助者开始了新生活,满怀感激地来找我,说多亏遇到了我才走出了生活的低潮。以前这个时候是我最高兴的时候,但我渐渐明白,并不是我帮助了她们,而是她们内在的力量帮助了她们。

经常有读者跟我说:看了你的书,或者书中的某一段话,突然有种醍醐灌顶的感觉,觉得原先想不明白,纠结不已的事情突然放下了。这并不是我的作用,而是读者的心灵正在寻找这样的话这样的力量,突然看见,就像宝剑出鞘一样,光芒四射。

其实很多时候,我们根本不用到处寻找拯救自己的人,更不用想着依靠外在的力量解决自己的问题,这样即使解决了,也是暂时的,别人的智慧无法自动拯救你,真正可以拯救一个人的,恰恰是自己内在力量的觉醒,然后配上行动。

（28）

你的身价是多少？

当初决定自己做事业，我有三个选择：第一，开一间非常有特色的茶楼；第二，开一个女子会所；第三，做我从小梦想的珠宝事业。

先生极力建议我做珠宝事业，他说珠宝需要极高的鉴赏水平，你有十几年的功底，二来这是你最喜欢的事，兴趣就是最大的成功，而且做珠宝事业发展空间大，你可以利用电子商务做全国甚至全球的生意。但是人家总不能大老远赶过来就为喝个茶吧，再说女子会所，北京的人不会飞过来光顾吧？

我觉得他分析得很有道理，所以选择了翡翠作为自己未来的事业。后来有一次，先生喝了酒回家，聊到得意处，他神秘地对我说:"你知道为什么我极力让你做珠宝生意吗?做珠宝生意闲啊,你有听过哪个做珠宝的门庭若市吗?"

但后来的情况还是完全出乎他的意料,不知是价格定得太实惠,还是我的人缘好,开张以来,光顾的朋友源源不断,有时候我会忙得饭都顾不上吃。

当时先生并没当一回事,见我得意非凡,还不忘打击我一下:"新茅坑都会香三天,现在你刚开张,朋友们都来支持,生意当然好了,过段时间你就知道了。"

但是过了段时间,生意不但没有减弱,反而更好。我一打听才知道,很多朋友买去后,身边的人都觉得不错,也过来挑选,以前结识的一些媒体朋友有合适的机会也会为我宣传。

很快,我就忙不过来了,先生又帮我张罗着请人,可是我依然很忙,大多数客人更信任我的专业眼光,也更愿意和我聊天。最后只好让家里的阿姨帮忙收发快递,招了个兼职摄影师,每个月帮我拍一次照,剩下的,都得我亲自来。

虽然很忙很累,但我心里是非常高兴的。某次周末,我特别特别忙,先生百无聊赖,终于忍不住对我说:"我觉得你自从做了翡翠生意,好像对其他事都不上心了,你看我在你身边都晃了一天了,你都不理我。"

我顿时觉得挺对不起他,不知道哪根筋搭错了,就跟他说:"要是你不喜欢我太忙的话,要不我就不做了?"

先生探究地看着我："真的假的？"

我给了他一个肯定的眼神："虽然我很重视个人发展，但我也要重视伴侣的感受啊，你现在都有意见了，以后意见肯定更大。"

先生见我是认真的，赶紧阻止我："我就那么随口一说，你稍微注意点就是了，做到现在这一步，你也付出了很多，怎么可以轻易放弃。"

我转着眼珠问他："别说得这么委曲求全，赶紧跟我说实话，为什么不让我结束？"

然后，我就听到了一番大实话。先生说，很多女人喜欢看男人专注工作的样子，其实女人专注的样子也很迷人，或者说专注干某事本来就是充满魅力的。

其次，自从我做自己的事业以来，就再也没有抱怨过他工作太忙，比任何时期都体谅他。当我自己体会过忙起来不顾一切时，我根本不会再计较他把我忙忘了。

另外，他看着我一步一步朝着自己的方向努力，感受到了一股生命的力量，让他看到一个女人为着自己的理想奋斗付出，充满了活力和喜悦，让他感觉到身边的这个女人非常快乐，而他也感染了这份快乐。

基于这些原因，他觉得我继续干事业的好处远远大于一时忽略他。

但我从他的话里总结出了另一层意思：男人希望自己的女人有事业，但希望这份事业不要给自己带来太多副作用。可能有人觉得这样太贪心了，鱼和熊掌不可兼得。但其实这种想法可以理解，就像女人希望男人身价过亿还能天天按时回家一样。

只是成熟的男人懂得如何平衡这两个矛盾的需求，聪明的女人也会真正读懂男人的需求：如果你的事业不会给他带来太多麻烦，他并不介意你有属于自己的事业。

说说我自己的真实感受吧！

没做自己的事业之前，先生也对我很好，但我还是能够感受到前后有所不同。随着我越来越成功，他对我更多了一份骄傲，还多了一份紧张。有时候陪他参加聚会，有朋友问起我，他会语气谦逊却满脸骄傲地说："她啊就是喜欢写写文章、玩玩珠宝，不过能把兴趣发展成事业，挺好的。"

所以，我一直告诉有些因为老公一句话而辞职的女人千万要慎重，也许男人要求你辞职的时候是很认真很诚心的，但他也不明白接下来的日子会有什么变化。

曾经有位朋友因为不想分担家务，就让太太辞职回家全权料理家务。但是没过多久，他就悔不当初了。自从太太辞职后，一天最少要打五个电话，原本一天最多一个，而且对他的行踪特别上心，让他觉得瞬间失去了自由。后来他又要求太太去工作，结果太太不肯，辞职在家的这段日子让她觉得很舒服，不愿意再回职场了。

后来这位朋友对我们说："以前我挺爱我太太的，但自从她辞职后，我觉得她整个人越来越乏味了，天天就跟我说些鸡毛蒜皮的事。让她辞职是我的错，但这也改变不了我排斥现在的她，未来我们有可能离婚。"

这话听得我毛骨悚然，很多女人说："辞职是他要求的，又不是我自己要辞。"可是事实证明，结果还是需要女人自己承担的，因为最终做选择的那个人是你自己。

不管男人怎么说怎么做，我们都应该明白一个道理：要让自己的身价越来越高。很多人离婚，都是因为男人的身价一直在涨，而自己的身价一直在跌，无法在一个平等的位置上对话。

虽然，如此说，很多全职太太会喊冤："我的身价跌，还不是因为我为家庭付出得多！还不都是为他奉献了！"

但，现实就是现实，不要以为所有的牺牲都能换来令你满意的回报。人，永远只会心甘情愿地回报那些他认为有价值的人。当夫妻二人的生活状态不在同一平台，话不投机时，不论是男人还是女人，都会毫不犹豫地对弱势一方生出厌弃之心。

所以，女人应该有一份属于自己的事业，除非你能保证即使没有自己的事业，也能让自己的人生无比精彩，即使经济上依附男人，精神上也能完全独立，并且能够保证即使没有事业，也有人愿意一辈子奉养。那么，你可以不要事业。

(29) 轻轻报复一下就好

十几年前,我看了电视剧《双面胶》后,对凤凰男一直没什么好感,总觉得两人若是生长环境相差太大,价值观完全不同的话,怎么可能会幸福?尤其是电视里把这一矛盾演绎得淋漓尽致,每当亚平的父母提出无理的要求时,亚平都会千方百计地要求丽鹃配合,理由是:我爸妈很不容易。电视剧为了过审,最后是以正剧结局,而原著的结局是亚平活活把丽鹃掐死了。

所以,我对凤凰男一直都是绝缘的。我的朋友小洁比我排斥得还厉害,她曾义愤填膺地对我说:"凤凰男愚孝、自私,只会要求女人为他牺牲、付出,嫁给凤凰男等于找死。"

但令我跌破眼镜的是，小洁最后扭扭捏捏地告诉我，她要结婚了，对方是个凤凰男。看着我惊讶的神情，她为凤凰男辩解："以前我们根本没跟凤凰男谈过恋爱，都是被电视剧误导的，无论什么样的男人，都有好有坏，凤凰男也一样，起码我找的这个，对朋友热心，脾气好，对我任劳任怨的，还很有上进心，比起城市里那些啃老族，直接甩出八条街了。"

我觉得一棍子打死凤凰男这种观念确实不好，能使小洁观念发生如此大的转变，也许对方真的是个不错的良伴。

但是两年后，小洁告诉我，她和她的凤凰男老公正在办理离婚。我再一次惊得目瞪口呆，小洁沉痛地说："原本觉得他上进，脾气好，现在我算是明白了，他没家世没背景的，如果再不上进、脾气好一点的话，那个姑娘肯嫁他？以前我太幼稚了，没看懂这一点。结婚后，我才知道找一个这样的老公要付出什么代价。"

小洁足足跟我说了一下午，把她这两年来的婚姻生活几乎回忆了一遍。刚结婚的时候，她就知道婆家生活条件不好，老公每个月都要寄一千块钱过去，小洁觉得养大一个儿子也不容易，认为这是应该的。但是渐渐地，她就接受不了了，婆家的事实在太多了，要求代买东西，要求挂号看病，要求过来落户念书，老公不但觉得理所当然，而且认为小洁也是他们家的一员，必须出钱出力。她老公的亲妹妹要过来找工作，打算在她家长住，公婆直接就把人领了过来，连商量都没跟她商量一下，而房子却是她父母独资买了送给他们的。她跟老公提出异议，老公对她说："在我们那里，媳妇嫁过来了就是自己人了，媳妇的东西当然就是家里的东西了，做公婆的有权处理。"

小洁差点没怄死，生气回了娘家。她这一走，不但老公的妹妹住下了，公婆也不回去了，留下照顾自己的一儿一女。半个月后，小洁回去看见自己的家面目全非，阳台上居然还养起了鸡，她气得发狂，把那些东西全扔了出去。公婆回来一看，立刻发作，叫她马上滚出去。小洁气愤至极："这是我家，该滚的人是你们。这房子是我父母买的，你们从哪儿来就回哪儿去。"

公婆冷笑一声："你的？房产证上也写着我儿子的名字。"

小洁悔不当初，老公听说这件事后，跟她大吵一架，说她侮辱自己的父母，这种媳妇要不得了，必须离婚。小洁说："这种日子我过够了，离婚就离婚，我爸妈给我的东西归我，你们爱怎么样就怎么样！"

没想到老公和公婆立刻结成联盟，要她放弃房子离婚，并且拿出了一张100万的欠条，要小洁承担50万债务，不承担也可以，那就用一半房子相抵。小洁气得差点内伤加吐血，提起诉讼，但公婆竟然天天去她父母家闹，歪曲事实，恶意中伤，搞得她父母无颜见人，一个血压升高，一个心脏病发作。为了父母能够安享晚年，小洁咽下不甘与愤怒，忍痛放弃房子，脱离了令她恶心的一家人。

离婚后，小洁来看我，她捶着桌面说："晚情，我真的不服气，真的很愤怒，我觉得有一团火在我胸口燃烧，我诅咒那一家人，我真的很想报复他们，这个念头折磨得我快疯了。"

我想了想说："你真要报复也可以，如果能做到以下几点的话。第一，绝对不能触犯法律；第二，别拼命，要知道我们的命比渣男的命值钱太多了；第三，平息一下心中的愤怒就好，不要一直沉浸在仇恨中，尽快过上正常的生活。如果以上三点能做到，又有合适的机会，你就好好为自己出口气吧！"

小洁迟疑地看着我："你说的是真的还是反话？我以为你会劝我放弃仇恨，重新生活。"

能够放弃仇恨，重新生活，自然是最好不过，但是遇到人渣，被各种伤害和恶心后，还要心胸宽大地放弃仇恨，其实真没多少人能做到，起码很难立刻做到。

我遇到过不少姑娘问我："晚情姐，你说这个世界上有没有报应，老天会不会收拾他？"

说心里话，我不相信"老天会惩罚坏人"或者"坏人一定没有好下场"这种理论，那不过是无力反抗又心有怨愤时拿来安慰自己的话罢了。

经常有被伤害的女性跟我说要报复，大多时候我会劝对方好好生活，活得比对方更好，就是最好的报复。但有些事情，连我听了都有替天行道的冲动，我实在无法站着说话不腰疼地劝别人要大度要善良，何况有些人的行为超过人类的范畴，被教训一下也是应该的，但是搭上自己，我就认为不值得了。

小洁表示她会考虑我的话，分别的时候她对我说："你知道吗？这个时候你要是劝我放弃仇恨，其实一点用都没有，我只会更加想报仇，但是刚才你的话，我全部听进去了，我会好好生活，爱惜自己。如果有机会的话，我也不介意为自己讨回一个公道。"

后来小洁告诉我，离婚后，前夫一家不准她拿回自己的东西，她找了几个警察朋友，直接去了对方的公司，要求对方履行离婚协议，把属于她的东西还给她，否则请他以非法侵占他人财物罪去警局喝杯茶。没想到前夫吓得不轻，一改平日的嚣张,她去拿东西的那天也让警察朋友陪同,原本嚣张的前公婆更是吓得大气都不敢出,眼睁睁地看着她拿完东西走人。因为警察去了前夫的公司,他们离婚的内幕很快被好事者挖了出来,前夫苦心塑造的农村上进男形象被撕了个粉碎,在公司举步维艰。她本以为前夫不会善罢甘休,没想到这男人从此不敢再招惹她。

某天喝咖啡时,小洁云淡风轻地对我说:"气也出了,一切都过去了,从现在开始,我要好好过我的日子。"

对于所有想报复的朋友,我的建议还是以上三点:第一,绝对不能触犯法律;第二,别拼命,要知道我们的命比渣男的命值钱太多了;第三,平息一下心中的愤怒就好,不要一直沉浸在仇恨中,尽快过上正常的生活。如果以上三点能做到,又有合适的机会,你就好好为自己出口气吧!

(30)

你的节俭，成全了谁？

七夕前夕，我搞了一场活动，推出不少精美的翡翠，参与者甚多。有一位客人看中了一款飘阳绿的如意，问我价格。我回复说这款如意种老水长，要两万多。

当时我并没有想过她会买，因为之前她曾看上过一款三千多的挂件，但一直觉得贵了，考虑了几天，都拿不定主意，直到几天后被另外一位客人买走，现在这款贵了七八倍，所以我也只当她是了解一下价格。

然后，她要求我拍个视频给她，五分钟之后，她对我说："这款如意我要了，帮我找个精美的盒子吧！"

我善意地提醒她，这款翡翠不便宜，可以考虑一下再做决定，但她很快就转了钱过来，告诉我这个如意打算送给老公作为七夕礼物，怕等下被别人捷足先登了。

于是，我跟她聊了起来，问她："为什么之前三千多的舍不得给自己买，却舍得给老公买两万多的呢？"

她说她也不知道为什么，就是给老公、孩子买多贵的都舍得，但是给自己买就会觉得心疼。聊得深了，她告诉我，他们这几年夫妻感情不是很好，所以也想借这个七夕拉近一下夫妻关系。

和她的聊天中，我得知她家境不错，是位贤惠的太太，在事业单位上班，工作很规律，把老公和孩子的生活照顾得很好，但老公对她平平淡淡，她也不知道该如何解决这个问题，只好安慰自己很多夫妻都是这样过的。

我见过很多节俭的女性，原本我以为节俭可能是因为生活条件所限，但后来发现，有相当一部分女性家境不错，并且她们只对自己节俭，对于老公和孩子，一向是慷慨大方的。

更令我深思的是，很多太太在做姑娘的时候不但不节俭，甚至还有点败家，可是一旦走入了婚姻，就自发开始节俭地过日子了。

我的闺密L结婚比我早两年，我们未婚时，几乎每个周末都会逛街，看见什么喜欢的，只要自己买得起，一定会满足自己。她结婚三个月时，我们相约去逛街，当时她看中了一件旗袍，标价两千多，她很纠结，不知道要不要买。我很惊讶，要知道以前四五千的衣服她眼睛眨也不眨地就买了，在宠爱自己方面，她一向做得比我彻底。最后，她还是放弃了这件旗袍，在另外一个专柜给老公买了两件衬衣、两条裤子。

第二天，她打电话跟我说真的很喜欢那件旗袍，我说："那么喜欢就买吧，怎么突然跟变了个人似的呢？"

她说她也觉得自己变化很大，结婚三个月以来，心态好像跟以前完全不一样了，以前是自己赚钱自己花，完全是恣意地享受人生，但结婚后首先就会考虑到家庭，不由自主地就把自己往后排了。

我叹口气问她："你还是我认识的要和我一起享受人生的L吗？"

她笑着啐我一声："不是我是谁？"

隔着电话，我却开始担心她的婚姻了。我一直觉得相当大一部分女性特别具备牺牲精神，不用任何人去要求她们，就会心甘情愿地牺牲自己的爱好、事业为全家人奉献，但最后能得到全家人感激和爱重的人却少之又少。

我能理解结婚一定会使人的心态有所转变，包括我自己也是一样。这种变化是不由自主的，也许可以称之为"责任"，我们要为爱人为孩子为家庭负责，不能再随心所欲地只想自己。我认为这种变化是好的，是一个女人渐渐成长、成熟的必经之路，会变得有责任感和担当。如果结婚后，依然和以前完全一样，那倒未必是好事了。但我们总是不由自主地转变过了头，甚至把自己逼到了死胡同。

再说说男性吧，那次活动也有不少男性朋友为自己的女朋友或太太挑选礼物，为女朋友挑选的大多都是比较贵重的，为太太挑选的，则正好相反。有一位朋友看中了两款价位相差比较大的，最后放弃了贵的那款，对我说："买贵的，等下还要挨她数落，就买便宜的吧！"

可能有人会以为这位朋友经济条件一般，但事实上他们是不折不扣的中产阶级。从他的言语里，他非常确信太太只喜欢便宜的，不喜欢贵的。可是在我们看来，怎么可能啊？谁不喜欢好的？可很多男性真的是这么以为的，因为你给他的感觉太确定了。他非常确信在品质和价钱上，你一定会先考虑后者。

我曾和L深聊过这个问题，最后总结出，一个女人婚后变得节俭主要是出于两个原因：女人对家庭的责任感是天生的，比男人更愿意为家庭付出，并且大多女人都具有奉献自己的情怀，自动把自己的需求往后排；还有便是潜意识中的原因，希望通过节俭让男人看到自己为家庭的付出，下意识地塑造自己贤妻良母的形象来取悦男人。

可是亲爱的，你有那么多优点可以吸引对方，何必靠节俭呢？也许有的男人生活朴素，可是当你把自己打扮得赏心悦目时，你给他的惊喜与自豪早就代替了心疼。你会发现，你不但没有失去对方的爱，反而令他更加爱恋。这个世界上有很多男人会因为女人疏于打扮而渐渐失去爱意，却很少有男人因为女人打扮得赏心悦目而离开她，因为，男人重面子甚于里子。

当然，凡事不可过头。这几年来，怂恿女性消费的言论不绝于耳，比如，想买什么不要舍不得，否则就会有别的女人来帮你花。

从某一种程度上而言，这也是女性自我觉醒的一种，但觉醒过了头，也不是好事。我认识一位太太，之前非常节俭地过日子，辛辛苦苦地照顾全家人，但却得不到家里人的肯定。后来不知受了什么刺激，认为以前太傻了，一天之内把之前舍不得买舍不得用的东西全部搬回了家，刷爆了两张信用卡，以此来宣示从今以后好好爱自己。当然，结果是引爆了一场家庭战争。

我们不提倡挥霍无度，这种价值观并不值得推崇，但起码对待爱人和自己的差距不要这么大，我们可以好好地爱身边的人，但也不要忘记自己，因为，当你忘了自己时，身边的人也会忘了你。

（31）
有多少人还在干这些事？

我们所住的地方污染严重，被央视曝光了好几次，我们去年终于狠狠心决定搬家。今年房子交付后开始装修，先生对我说："装修的事都听你的，我只有一个要求，那就是家里的电视机要足够大足够舒服，另外我想装一套BOSS家庭影院。"我问他要多少钱，他说加上电视机普通一点的大概四五万，好一点的十几二十万。我一听，立刻下意识地说："十几万这么贵啊？"

他见我嫌贵，默默地说："那买普通的好了。"看着他失望的样子，我突然想起了小时候的两件事。

十来岁的时候，我把我妈的戒指拿来使劲地往大拇指上套，然后取不下来了。我大声喊疼，引来了父母，他们想帮我拽下来，但一拽我就疼，我叫我爸拿个钳子来帮我，我妈一听就反对，说这样会把戒指弄坏的，然后她就使劲拽这个戒指，疼得我大呼小叫，手指立刻就红肿起来，戒指更加取不下来了，我说要不找个东西把它剪开吧，我妈死活不同意。然后她叫我忍着，使劲把戒指拽了下来，而我的手指就跟受了酷刑一样火辣辣地疼，我边哭边说："你宁愿要这个戒指完整，也不愿意让我少受点痛苦。"我妈白了我一眼说："谁叫你自己乱戴。"

那一刻，我的心拔凉拔凉的，我至今都能清楚记得当时的心情：原来在我妈眼里一个戒指比女儿的手指重要，在她眼里这些物质竟然超过我的感受。长大后我妈跟我解释，当时大家都不富裕，有个戒指是很不容易的事，怎么舍得毁坏它呢？我理解她，但不被重视的感觉却陪伴了我很多年。

还有一件事，小时候空调并不普及，夏天特别容易出汗，我习惯上床之前再洗澡，然后舒舒服服地睡觉，但我妈一定会逼着我吃过晚饭就洗澡，理由是她必须当天就把衣服洗了，我们必须配合她。为了这件事，我抗议了无数次，但我若晚饭后没有按照她的要求洗澡，她会从提醒到唠叨到最后的发火。

我们的对话通常是这样的，我刚刚放下饭碗，我妈就会说："快去洗澡，我好洗衣服。"

我并没有照做，或者看书或者写作业。

我妈见我还没去，有点不高兴了："怎么还不去？快去！"

我说:"我想睡觉前再洗。"

她会大声说:"睡觉前再洗?那衣服怎么办?"

"衣服明天再洗呀!我现在洗了等下还要出汗。"

"你又不干活出什么汗,叫你洗个澡也这么费劲吗?你就不能让我省点心吗?又不用你洗衣服,只是要你早点洗澡都这么难吗?如果有人给我洗衣服,叫我什么时候洗澡都行。"然后她会噼里啪啦一直说下去,直到我为了耳根清净不情不愿地去洗澡,或者干脆跑出去。

她无法使我乖乖地吃过晚饭就洗澡,我也无法让她允许我睡觉前再洗澡,这种争执一直伴随到我们终于分开住为止。当我要离开的时候,我并没有太多不舍,完全是一种解脱的感觉,甚至还有种即将呼吸自由空气的兴奋。

在这件事上,我对我妈始终是有意见的。站在我的角度,我认为晚点洗澡又如何,第二天洗衣服又如何?难道良好的亲子关系还没几件衣服重要吗?

所以在那时候,我就暗暗发誓,等我有了爱人和孩子的时候,我一定要充分尊重他们的生活习惯,我一定要重视他们的感受,绝不因小失大。

当我看见先生失望的神色时,我突然想起了小时候的感受,我想这一刻,他的感受一定和我小时候一样糟糕。我几乎能猜想到他此刻的心情:原来在她眼里,钱比我更重要。只是他向来宽厚，不像我小时候那样积极反抗。

我用不容置疑的语气对他说："既然你那么喜欢，怎么可以买普通的呢，我们一定要买你最喜欢的。"

先生说不用不用，但他眼中的惊喜我看得明明白白。这一刻我也真正明白，这世间没有任何一种东西可以比所爱之人的感受更重要。

第二天，我拉着他去音响城挑他喜欢的家庭影院，最后，我们没有买最贵的，但还是挑了一套他非常喜欢的。

事后，我对这件事进行了深刻的反省。当时我下意识地就不想在家庭影院上花太多的钱，是因为我自己几乎不看电视，买了以后肯定很少去碰，所以我立刻觉得贵，不值得。但如果我是个发烧友，也许我不但不觉得贵，甚至认为必须买品质最好的，因为千金难买心头好。

很多时候，我们反对一件事，未必就是我们真有道理，只是因为我们不能理解或者不感兴趣，于是以自己的立场和喜好判断这件事值不值得，却使身边的人痛苦不堪。而更多的人一边因感受不被重视而痛苦，一边却以同样的方式对待至亲至爱之人，甚至当对方的心逐渐冷却，渐渐疏离之时，还一脸茫然，不知问题出在何处。

当然，这并不是说伴侣的所有要求都应该无条件满足。一是要看承受能力，若对方提出的要求是自己无法满足，或者倾阖家之力才能达到，那就另当别论了；二是看如何反应，是否答应对方的要求其实不是重点，重点是重视对方的感受。当对方提出的要求与自己相左时，起码听听他的想法，看看有没有更好的解决办法，而不是一听就立刻否决，甚至反应过激。

曾经有一位丈夫提出要换车，太太一听，怒不可遏："你现在没车开吗？换什么车？你就知道自己享受，眼里还有没有这个家？未来用钱的地方多的是，不准换车。"并且以非常激烈的方式告诉丈夫，他的需求是多么过分，多么自私。

丈夫没有再提换车，当公司里和他差不多级别的人都换了新车时，他依然开着八年的低档车。这件事成为日后他决定离婚的潜在事件。两年后，他把所有钱都留给了太太，选择了离婚。有人问他会不会后悔，他说不会，反正太太最喜欢的是钱，不是他。

我一直都觉得很惋惜，不知道如果当时那位太太比较温和地告诉丈夫"我知道你很希望换车，但我觉得我们现在应该多存点钱，再过段时间我们再换车好不好"，结局会怎么样，但我也明白，每个人处理问题的方式都有延续性，不可能仅仅这一次如此反应，而且，生活没有假设。

钱没有了，可以再去赚，心没有了，那就真的没有了。最好的关系一定是善待伴侣，也善待自己。

（32）
会说话，到底有多重要？

我有一个十几年的同学，叫她F吧。F人品上乘，心地善良，对朋友真诚仗义，平时也乐于助人，但她却有一个致命缺点——不会说话。

离家念中学那会儿，我不小心被偷了五百块钱，这是我一个多月的生活费，那时不像现在这么方便，微信支付宝一分钟到账，当时我连银行卡都没有，父母最快也要两天后才能给我送钱过来。

我可怜兮兮地对F说："亲爱的，我落难了，这几天我就靠你了。"

F没好气地白了我一眼："落难活该，谁叫你这么大意，我觉得偷少了,次数多了你才会长记性。"

我当时那个郁闷就别提了,那时候的五百对我而言,简直就是巨款,我正心疼得无以复加,多么希望F能够安慰我两句,她不但不安慰我还在我伤口上狠狠撒了一把盐。

正当我趴在桌子上唉声叹气的时候,F拎着一碗海鲜面放在我桌上,酷酷地说:"有我在,饿不死你,快吃吧!"

我就在又感激又抑郁的复杂情绪中,吃下了那碗平时她自己都舍不得吃的海鲜面。

工作那几年里,有一次我陪领导出来办事,在银行门口碰到她,我赶紧告诉她这是我领导,希望她能够给我留点面子,但F想都没想地对我领导说:"哎呀,领导,我真同情你啊,居然招了我们家情情,她又粗心又娇气,脾气还不好,你咋招她了呢?"

领导以眼神询问我,意思是:"这是你仇人吧?"

我恨不得找个地洞钻进去,当时想吃了她的心都有,匆匆对领导说:"是啊,她男朋友移情别恋爱上了我,所以她恨我。"然后,趁她没反应过来时赶紧带着领导离开现场。

F刺激我的类似事件在十几年来数不胜数,被刺激得狠了,我也会想:以后不理她了,天天被这个家伙弄得下不了台,简直受虐啊!

但是，当我出第一本书的时候，F二话不说就买了二十本送给身边的亲友："大家多多捧场啊，有空就去当当支持两本。"那时候，她刚刚贷款买了房子，母亲又得了重病，经济很拮据，就算她只买一本，我都会记她这一份情。还有一次，我不小心迷路又打不到车，F找了一个多小时过来接我。

所以，她就是这样一个让我又爱又恨的人，时时让我没面子，可又真心真意对我。我曾无数次幻想，要是F会说话一点，她该是个多么完美的人啊，简直就是人见人爱那一款。我也曾真诚地提醒她改改说话的方式，但通常都会被她骂回来："姑奶奶生来就这样说话，怎么，大小姐现在脾气大了，受不了我了？受不了那就绝交！"

我确实好几次气得想真的绝交，可是想到她对我的那些好，就不断说服自己："每个人都有缺点，我自己也有缺点，F就是不会说话而已，总比那些嘴上说得好听，背地里捅我两刀的人好多了吧？"

就这样，我们来往了十几年，在她的作用下，我的修养一路直线飙升。

念书那会儿，F这个缺点并没有为她带来太大的麻烦，最多也就是人缘差点。但工作后，这个问题开始凸显了。

F工作很努力，但因为不会说话老是得罪同事，在公司里基本没什么朋友，但几年下来，也熬成了一个小主管。后来，部门里来了一个应届毕业生分配到F手下，小姑娘嘴甜会来事，在部门里人缘很好，连F都挺喜欢她，手把手教了她很多。一年后，部门里多了一个主任的空缺，F觉得自己最有资格，但没想到上至领导，下至部门同事，全部跳过了她，支持那个小姑娘接任主任这个位置。

F郁闷不已，跟我倾诉在职场中的种种不如意，酸溜溜地对我说："我吃亏就吃亏在不会说话上，否则这个主任怎么也得是我来当。她哪里比我强？不就是嘴巴甜，会拍领导马屁吗？"

我第一次打算认真跟她谈谈这个问题："凭良心讲，你觉得她只会拍马屁，没有什么能力吗？"

F不情愿地说："能力是有，但我不比她差。"

"如果你们能力差不多，她又会说话，人缘好，领导有什么理由不选她而选你呢？如果是你，你会提拔一个经常使自己郁闷的人吗？"

F郁闷了一段时间，渐渐接受了这个事实，心想那小姑娘是自己带出来的，资历又没自己老，对自己也不会有太大损失。但F错了，小姑娘成为主任后，对F的态度大不如前。有一次F在卫生间里听到小姑娘对其他人说："她确实教过我一些东西，但这一年来，我忍她忍得很辛苦，好几次，我都想跟她吵一架。"

这件事对F的刺激很大，但真正让她意识到不会说话有多吃亏是在她的婚姻上。

F的老公有个双胞胎哥哥，两人同年结婚，但婆婆只喜欢大媳妇，而不喜欢F，用F的话说："他妈有事都是我出钱出力，她只不过就是哄哄老太太，我做了那么多，老太太都看不到，见面只会对她问长问短，和她聊个没完没了，看我就横竖不顺眼。"

我相信F对婆婆的付出肯定更多，但我也理解她婆婆更喜欢大媳妇，试问，谁不喜欢和一个会说话的人聊天呢？

我们身边有很多这样的例子：有的人付出了很多，却得不到应有的感激与回报。有的人只不过是动动嘴巴，却万千宠爱集一身，前者怎么也想不明白：那些人傻啊，我这么真心你看不到，她只不过说两句好话，你就完全没有免疫力。

可现实就是这么残酷，这个世界上永远都是会说话的人占优势。

后来，F告诉我，她打算去报个沟通技巧的班，学学别人都是怎么说话的。虽然F醒悟得有点晚，但她终于醒悟了。

有些人总觉得不会说话那是正直率真的表现，会说话就是虚伪谄媚的小人，其实那只不过是你一厢情愿的想法而已。事实上，很多会说话的人并不虚伪谄媚，他们一样真诚地对待身边的朋友，一样有自己率真可爱的一面，并且他们努力让所有与自己接触的人有如沐春风的愉悦感。

(33)

谁也不比谁傻

朋友聚会时,一位姑娘听说我是情感作家,立刻很感兴趣地坐到我身边,她说正好有婚姻中的问题,希望我能给她分析一下。

姑娘已经结婚三年了,有一个两岁的女儿,她的问题是这样的:"我老公是个很小气的男人,结婚没多久就跟我提出要一起承担家用,但我身边的人全部都是老公养家,没有谁提出要老婆一起养家的,我把别人的情况说给他听,他却甩给我一句:别人是别人,我们是我们。人家的男人都那么大方,偏偏他这么小气,你说我该怎么办呢?"

我问她:"既然你这么受不了男人小气,为什么会和小气的男人结婚呢？"

她不无委屈地说："恋爱时不是这样的，后来才变得小气，我觉得养家是男人的事，我赚的钱应该是我的零花钱。"

我抛开小气大方这个问题，告诉她我的意见："其实我认为他要求你一起养家没什么不对，家是共同的，一起为这个家付出，这个要求合情合理。"

她反问我："那你老公有要你一起养家吗？如果他提出这种要求，你会不会欣然接受？"

如果拿这个问题去问我先生，我保证她会找到知音。在我先生的观念里，养家是男人的事，男人让老婆过的日子越好，就说明这个男人越有能力，养家糊口是男人天经地义的责任。

但是，即便他是这么想的，我也没有理所当然地接受。结婚之前，我们看中一套房子，我主动取出所有的积蓄，不多，还不到房款的十分之一，我告诉他："我的钱远远不如你多，但是我愿意为我们的家出一份力。"在我的坚持下，先生接受了这些钱，但是房产证上，他坚持写了我一个人的名字。

日常生活中的开销，他全权负责，他的名言是："老公的钱就该给老婆花。"但是，我会经常注意他的需求，用版税把他需要的东西买回来给他，所以我们从来没有经济上的纠纷。

她听我说完叹息道："这个世界真是不公平，你不需要男人养家，男人偏偏哭着喊着给你钱，希望男人养家的，男人偏偏算得清清楚楚。"然后又忍不住问我："反正你老公都是自愿的，你干吗还这样啊，把自己的钱都存起来不是更好吗，难道你还嫌钱多啊？"

我说："他之所以愿意这么做，那是我主动愿意一起承担，如果我一味地索取，他也会变得小气的。"

我想她还是没有明白其中的道理，先生不愿意我辛苦，疼惜我，那是他的心意，我主动提出愿意一起承担，那是我的态度。如果我表现出一种"我嫁给了你，你必须负担我的全部"的姿态，他未必会有现在的表现。只有相互体谅，相互想着为对方考虑，这个婚姻才能良性循环地继续下去。

这就跟我们与别人合作一样，如果一方想要把好处全占了，风险和坏处全留给对方，谁愿意和这样的人合作呢？成熟的人一定会懂得适当让利，取得共赢的局面。事实上，适当让利不会让一个人损失什么，反而会有更大的收益，所以不妨把眼光放长远一点。

我在一篇《你的资源与人脉匹配吗？》中详细解释过这个现象。但凡是人，都希望能够公平相处，而且相当大一部分人还希望自己得到的比付出的多，愿意一直吃亏的人真的很少很少，如果一个人摆出就是希望对方吃亏自己占便宜的姿态，我想恐怕大多数人都不会答应。

类似的现象生活中还有很多。

一个85后的姑娘给我写信：晚情姐姐，我很认同你那篇《嫁给有钱人有错吗？》。我爸爸是个环保工人，工资很低，我妈这辈子过得特别辛苦，才五十来岁，看起来就好像已经七老八十了，所以我很早就发誓一定要嫁个有钱人，再也不过我妈那种苦日子。可是我遇到的有钱人一个也不靠谱，都只想玩玩，我好几个长得不如我的同学却都嫁给了有钱人，我的命真的这么差吗？

生活就是这么讽刺，没想过嫁有钱人的，结果成了富家太太，一心想嫁有钱人的，一辈子兜兜转转，始终无缘。即使真的嫁给了有钱人，等待她的往往也不是幸福的开始，甚至这些有钱男人比一般男人还小气，于是又多了一个称呼来形容这群人：富家穷太太。很多人认为这是天不从人愿，这真的只是因为命运的安排吗？

我曾经在微博里分享过一段话：男人常常用物质来追求女人，但是因物质而上钩的女人，往往得不到他的珍惜，在他心里，早就给这样的女人贴上了标签：用钱能买到的女人，只是一件商品。女人常常用美貌来吸引男人，但是痴迷她美貌的人，基本都得不到她。女人在心里早把这类男人归结为狂蜂浪蝶。这就是最真实的人性，因为我们内心都希望能找到一个真心相待的爱人。

我给那位姑娘的回信只有一句话：想嫁一个有钱人绝对没问题，问题是不要只嫁给钱。

这个世界上的男人和女人，谁也不傻，如果女人接近他只是因为他的钱，他完全能够感受得到，试问：哪个男人知道对方是因为钱才跟自己在一起，还愿意真心爱她呢？所以，我们常常看到，拜金的女人被玩弄的概率往往很高，就是这个原因。

我有一个朋友和父母的关系非常差，有一次他苦闷地告诉我："我父母一直跟我说，他们把我养这么大，以后就靠我了，但我听到这样的话，很反感，他们越希望靠我，我越不想让他们如意。我知道很多人会说我这种想法很不孝，但这真是我真实的想法。"

我非常理解他，如果我父母对我说，他们把我养这么大很不容易，老来全靠我了，我也会不舒服。从道义上讲，他们抚养我成人，我赡养他们终老，是天经地义的事。但这么一说，我会在心里想：你们养大我不就是为了让我给你们养老吗？从感情上就会觉得很疏离，既然感情都疏离了，还会孝心可嘉吗？也许也会保证父母衣食无忧，但是承欢膝下，大概是不可能了。

而有的父母很无私，一心想着只要子女过得幸福，就是最大的满足。他们殚精竭虑地教导子女，支持子女的梦想，宁愿自己忍受思念之苦，也不愿意羁绊子女的脚步，这样的父母往往既得到了子女的尊重，也得到了子女发自内心的爱。

先生的父母正是如此，每次我们过去看他们，老两口都会很高兴，却总会叮嘱一句："如果你们忙，就不要来看我们了，我们身体还行，相互做伴也不寂寞。"看到我们买很多东西过去，总是又欢喜又心疼地说我们："我们什么都不缺，不用每次都买东西过来，人老了，没那么多追求了，倒是你们，以后的路还长着呢，钱留给自己花吧！"

但是，我和先生更加心甘情愿地去探望他们，买各种东西哄他们开心，因为我们心里清楚：他们是真正对我们好的人，也值得我们对他们更好。

正常的人都愿意为那些真心爱自己、为自己着想的人付出。这个世界上，往往不肯付出的人才责怪别人不肯付出，却忽略了自身的问题。

真心换真心，谁也不比谁傻。

（34）
你真的不用太懂事

我们身边不乏一种现象：很多姑娘温柔体贴、贤惠善良，但就是没有人追她，而另一个姑娘又作又任性，身边却围着不少男人，愿意看她作，愿意满足她，甚至变着法儿讨她喜欢。很多女人都恨恨不已地说："男人都犯贱，温柔体贴的不要，偏偏喜欢自讨苦吃。"

可那是女人的评价，不是男人的心声，女人觉得这是自讨苦吃，男人却觉得意趣横生。

这个认知，是我云南的朋友家乐告诉我的。

那天我和朋友在瑞丽选货，他当地的朋友过来找他，我就这样认识了家乐。因为穿得太好怕被人宰，我们穿得非常普通，我平时的衣服都偏淑女，索性穿了大学时的校服。

逛到珠宝街时，我看到一枚戒指种水不错，冰绿蛋面很是灵动，就要求老板拿给我试戴一下，老板看了我们一眼说："等你拿了钱来，再来试戴吧！"

我当时就生气了，家乐安抚我说："别生气，他看你穿着校服就把你当学生了。"

我气道："学生就应该被歧视了吗？"

然后，我就在那老板旁边几个摊位上转，正巧看上一个如意，一番讨价还价之后，刷信用卡成交，然后得意地从那老板面前走过。

家乐跟在我身后笑个不停："你没看见刚才那老板的表情，我也没想到你这么任性。"

我把玩着手里的如意："谁叫他狗眼看人低。"

家乐用非常肯定的语气对我说："你先生一定非常宠你。"

我脱口而出："你怎么知道的？"

他说："因为你任性啊，有人宠的人才会任性，任性的人才会找到宠她的人。我见过非常懂事的女孩子，真的是非常懂事，之所以懂事，是因为身边从来没有宠她的人，懂事就是她的生存法则。"

我笑着问他:"那你喜欢懂事还是不懂事的姑娘?"

家乐回答说他喜欢不要太懂事的。

我狐疑地看着他:"不是吧,男人不都喜欢懂事的女人吗?"

家乐告诉我,他只希望女人在某些特定的场合里懂事就可以了,其他时间根本不需要。

为了证明自己不是个异类,家乐给我举了很多例子。比如《京华烟云》里的姚木兰,才学出众,识甲骨文,温柔贤惠,持家有道,是个大方得体的女子,哪个男人娶了她都可以说是上辈子修来的,可她的丈夫对她如何呢?无论书里把她塑造得如何出色,如何令人敬佩,都改变不了她婚姻中的命运。

还有张爱玲,为了和胡兰成的感情,她都愿意低到尘埃里再开出花来,可是胡兰成还是背叛了她。还有于凤至、张幼仪这些堪称模范妻子的女性,简直懂事到了极点,可是男人的心却始终不在她们身上,无论她们做得有多到位。

她们的经历似乎一直在告诉我们:女人太懂事了没有好下场。

家乐说这就是人性,人性是个很奇怪的东西,完全没有道理可讲,他问我:"在家做饭不?"我说基本不做,极难得才会下一次厨。他问我:"那你难得下厨时,你先生是什么样的反应呢？"

我说："非常高兴，连连夸赞。"

家乐叹了口气说："你知道吗？有多少太太是天天都要操心全家的一日三餐，但基本不会有人感激这一日三餐，要是哪顿没做或者没做好，还要被指责。一个天天做，只是偶尔没做，前面所有的努力就得不到公正的对待；一个难得做，偶尔做一次，先生就心满意足。"

我恍然大悟，因为期望值不同，懂事的女人会把别人的期望值调得很高，不太懂事的女人会降低别人的期望值，这就是人性。

男人说下班和同事有约，不回家吃饭了，女人看了看日历，那上面画着圈圈，是女人的生日，但她依然温柔地说："好的，照顾好自己。"男人说，今天我们去看电影吧。女人本来打算去健身，但看到男人面露不悦，赶紧说，那就去看电影吧！

看起来这样的女人非常懂事，可是时间长了，男人不会尊重她，也不会在乎她，因为女人太懂事，一遇到什么轻重缓急的事，男人肯定会先委屈这个女人，因为她牺牲惯了，并且不会有意见，即使女人心里也会不高兴，可是男人看不见。你把自己放得这么低，又指望男人如何高待你呢？毕竟，这个世界上懂得珍惜的成熟男人并不多。

最最糟糕的是，女人在展现自己懂事的一面时，内心并不快乐，她只不过是压抑自己的需求来成全男人的需求，希望以此来讨好取悦男人，但男人早已把这一切当作理所当然，很少有感激之心。原本懂事是希望男人能够明白自己这一份情，珍惜这一点好，可结果希望落空，心里岂会不难受？

所以女人千万别太懂事，别什么都替对方考虑，什么都自己妥协，绝对不去麻烦男人。女人觉得自己很懂事，可是站在男人的角度，他根本找不到自己的存在感，也不知道他对你有什么样的作用，因为你完全可以自己搞定。你应该需要男人接送就接送，需要男人帮忙就帮忙。

当然也不是说无理取闹，不分任何场合就任性，故意为难男人，那只能说明这个女人情商太低。掌握好任性的分寸，就是你可以任性的资本。

先生在工作时我不会去打扰，但如果他在看微信，我就没这么好说话了，经常会缠着他陪我，如果他一边继续看手机，一边心不在焉地应答我，我会一扭身子："你再不理我，我就奓毛了。"

先生一听保证立刻乖乖放下手机扳过我："别奓毛，别奓毛。"

这就是小作怡情，大作伤身。

别以爱的名义为自己谋利

最近,一篇《不肯为你花钱的男人说明什么?》的文章在朋友圈里被疯狂转载,文章的核心观点是:不肯为你花钱的男人,绝对不爱你。这得到了大多数女人的认同,纷纷转发到自己的朋友圈。转发的意图很明显:一、告诉身边的女人,不肯为你花钱的男人根本不爱你,趁早放弃;二、告诉身边的男人们,必须要为女人花钱,否则现在的女人可不像以前那么好骗了。

说实话,我原本也是赞同这个观点的,当然,现在也依然赞同,在生活中也是身体力行的。我身边的人都知道,我花起钱来毫不含糊,每次先生要送我礼物,我必定不管价钱,只挑我喜欢的，而我喜欢的，通常都很贵。我不认为自己拜金，我所做的，只为换取他那一份舍得而已。

可是看到这么多女性朋友转发，并附上自己的感想，又觉得有种矫枉过正的感觉。

比如，吃饭要你埋单的男人绝对不能要；不记得纪念日的男人不能原谅；平时不送你礼物的男人，绝对是个小气的男人。

理由很简单：吃饭要女人埋单，好意思吗？连买个礼物都舍不得，这种男人能要吗？女人觉得这是理所当然的，谁叫你是男人呢？是男人就必须得大方。

说心里话，我也不喜欢小气的男人，男人一小气，总让人觉得别扭，似乎对不起男人这个身份。花钱是否大方，似乎成了一个男人是否具备男子气概的重要特征。

我认识一个男人，在世俗的标准里，他绝对是个小气的男人，买东西必然要看打折信息，去个超市也要拣特价的买，把钱算得无比精确，平时鲜有请客的时候。很多女的暗暗议论：可千万不能找这样的男人，小气得令人发指。

可是有一天和他聊天，我顿时完全理解他了。

他跟我说："可能你们都觉得我小气，但我一个月到手的工资五千左右，我父母勉强能够照顾自己，我要在这个城市立足，只能靠自己，我还想买个房子结婚生子，所以我必须精打细算，我没有大方的余地。"

所以，他依然以小气的面目示人，但在很多人啃老的时候，他却已经在很好的地段买下一套小户型。

我突然想起，这个男人虽然很少请别人，但是也从不让别人请，有时候大家聚会叫他，他知道自己无力回请，也很少参加，不占别人的便宜。虽然在金钱上他对同事们并不大方，但是有什么事情需要出力，他总是义不容辞，偶尔请客时，他给别人买了咖啡、小点心，自己却只要一杯白开水。我想，这样的"小气"男人，并没那么讨厌不是吗？甚至我认为他还是个不错的丈夫人选，只要没有太大的物质需求，他是愿意踏踏实实和太太过一辈子的。

我们所说的小气，应该是指那些肯给自己买四千的鞋子，却不肯给太太买四百的裙子，如果他对伴侣比对自己大方，那他就不算是个小气的人。

一位朋友私信我，她交往了一个条件还不错的男人，但这个男人好像挺小气的，平时只送一些小礼物，这是不是说明他不爱自己呢？

我问她交往多长时间了，她说一个月。平心而论，只交往一个月而言，说爱不爱的有点言之过早了。

有些姑娘刚认识一个男人没多久，就绞尽脑汁地让男人送车送包，而且丝毫不觉得这种行为和要求有什么不妥，美其名曰这是考验一个男人最直观有效的办法。

我有一位男性朋友，找了个娇小可爱的姑娘，他原本打算好好相处一段时间就跟对方谈婚论嫁。某天两人逛街的时候，姑娘看上了卡地亚的一款镯子，明确提出要他买，如果不买就是不爱她，没有通过她的考验。

后来我朋友对我说，只要两人发展得好，他肯定会买给她，但当时看见她那副理所当然的样子，一下就把她否定了。

之后，他就开始冷淡对方，姑娘当然不肯，几次找他，逼问他原因。

朋友据实以告，姑娘委屈不已，爱情中男人付出金钱不是天经地义的吗？

他气愤至极地反问姑娘："那我付出了金钱物质，你又付出了什么呢？"

姑娘理直气壮地说："我付出了我的青春，青春是无价的。"

朋友失望地摇摇头："是的，你的青春是无价的，所以我买不起，你另找买主吧！"

青春无价是因为它不能拿来交换，但凡变成一种交易，再贵的东西也有价格。女人把自己标上价格，其实是一种自贬。尤其不要想着和男人在一起，自己付出了青春，对方必须负责。你的青春必须自己负责，即使你不跟任何人在一起，你也会老。青春流逝是种自然规律，不是男人造成的。

先生曾经问过我一个问题："如果当初我没钱，你会选择我吗？"

我说："不会，如果你没钱，就不会是我喜欢的样子了。"

先生没说什么，但是我看得出来他不太高兴，毕竟没有哪个男人喜欢听自己的女人说，如果他当初没钱，自己就不会选择他。没钱的男人生怕自己没东西值得女人图，有钱的男人生怕女人图自己什么，这是人性的奇妙之处。

"但是，如果你现在没钱了，我会陪你东山再起或者安贫乐道。"我无比认真地告诉他。

我曾认真设想过，如果他落魄了我怎么办？毕竟人生在世，风雨起落，再正常不过，那时我会不会离开他？甚至我还做过这样的梦，梦里先生突然落魄，要我离开，我却死都不愿，一定要与他不离不弃。梦虽是梦，但梦里的心境无比真实。

当初他若没钱，我不会选择他，是因为我跟他之间无爱，无爱我为何要让自己受苦呢？现在他若没钱，我坚持与他相伴终老，那是因为我们之间有很深的爱，因为深爱，所以一切物质显得次要，即使吃苦，也甘心情愿。

男人也一样，刚刚认识就大把花钱，要么他钱多得没地方花，要么他是个很不成熟的人，成熟的男人绝对会在心里评估这个女人值不值得自己花钱，值得自己花多少钱，因为那时候他心里还没有爱。当一个男人深爱一个女人时，别说花钱，时间、精力、心思，乃至生命，他都愿意付出。只是很多女人把这个顺序颠倒了，总觉得男人为自己花钱就是爱，等你占据他的心时，他所有的一切都是你的。

男人指责女人爱慕虚荣、唯利是图时，请先想想，她为何要陪你颠沛流离、清贫度日，你给她足够的爱了吗？

女人指责男人小气抠搜、一毛不拔时，也请想想，他为何要一掷千金博你一笑，你让他觉得值得了吗？

不管是男人和女人，付出都是相互的，你许我繁华共享，我伴你一世浮沉。

杀敌一千，自损八百

同学经常向我抱怨工资低，领导哪儿哪儿都不好。如果得知我要逛街或去办事，她一定会想方设法溜出来。我多次提醒她不要这样，上班就得有个上班的样子。

但她完全不听，理由是工资这么低，领导反正看自己不顺眼，何必再努力？就算被开除了也没什么关系，高收入的工作不好找，像这样的工作有什么难的？说不定自己哪天不高兴了，先炒领导鱿鱼呢！

生活中不少人持这样的工作态度，要是领导对自己好一些，待遇高一点，那工作态度就认真一点，反之就应付了事，因为这样自己才不吃亏。这种论调被很多人认同，最著名的就是：你只给我3000块钱的工资，还想我干8000块的活？绝对不能让公司和领导剥削我，当我是傻瓜吗？

我想所有这么想的人都应该听听下面这个故事。

一棵苹果树，终于结果了。第一年，它结了10个苹果，9个被拿走，自己得到1个。对此，苹果树愤愤不平，于是自断经脉，拒绝成长。第二年，它结了5个苹果，4个被拿走，自己得到1个。"哈哈，去年我得到了10%，今年得到20%!翻了一番。"这棵苹果树心理平衡了。

但是，它还可以这样：继续成长。譬如，第二年，它结了100个果子，被拿走90个，自己得到10个。

很可能，它被拿走99个，自己得到1个。但没关系，它还可以继续成长，第三年结1000个果子……

其实，得到多少果子不是最重要的。最重要的是，苹果树在成长!等苹果树长成参天大树的时候，那些曾阻碍它成长的力量都会微弱到可以忽略。真的，不要太在乎果子，成长是最重要的。

其实这个故事和我之前写的那篇《这种思维害了多少女人？》有异曲同工之处，前者是不要放弃婚姻中的成长，后者是不要放弃职场上的成长。

记得以前上班时，公司同时招了两个实习生，一个叫小誉，一个叫小澄。一开始进来时，两个人都是意气风发、干劲十足，但是他们很不幸被分配到一个大家都不愿意去的部门。因为那个部门的领导是大家公认的专制，并且喜欢抢下属的功劳。

很快，小澄就摸清楚了这个部门的脉络，也学到了大家对付领导的精髓，凡事能推则推，实在推不了就随便敷衍过去，小澄很快就跟其他同事打成了一片。但小誉则完全不受这些影响，每天早上他都是最早来到办公室，给整个办公室开窗通风，及时更换纯净水，下班时最晚走，关门关窗。领导有事交代时，别人都推辞，但他会二话不说就接下来，一个人加班加点干完。他这种做法并没有使他得到部门里的好人缘，相反，几乎所有人都看他不顺眼，认为他一个人勤快，显得其他人工作马虎又敷衍，一边喝着他扛回来的纯净水，一边暗暗骂他是个"马屁精"。领导不傻，知道小誉是最听话最勤奋的下属，有事基本都找他，所以他是这个部门里比领导还忙的人，即便这样，领导也没给他应有的待遇，每次他熬夜做完的PPT，会议上就成了领导侃侃而谈的资料；当他几乎独自完成一个项目时，会议上被表扬的人永远是领导而不是他；而等到升职加薪时，他最多只处于部门里的中等水平。因为其他人虽然工作不积极，可是资历老，而他是最好说话的那个人。

有时候，我会看不过去，问他为什么不为自己争取，我以为他会跟我抱怨领导如何如何不好，但他却跟我说了一句我至今难忘的话:"我知道你觉得领导对我太不公平,但是他给了我很多学习机会,我敢说,现在部门里没有一个人比我更了解这个部门的运作。"

几年后,公司见这个部门一直是整个集团评价最差的部门,决策层有意更换领导。当核心层领导找他们谈话时,惊讶地发现部门里竟然还有小誉这样一个人,比他的领导还了解这个部门,比他的领导更知道问题在哪儿。当时适逢集团提倡多多提拔年轻人,决策层开会决定让小誉暂代这个部门的负责人,如果他能胜任就正式任命,如果不行再进行外招。

厚积而薄发,没有了前领导的掣肘,小誉大胆革新,剔除旧弊,获得了公司领导一致好评,没到试用期结束就提前转正了。部门里其他人原本对公司的决定不服,但如今大势所趋,也渐渐地改变了态度。

我为小誉高兴,但还是问了他一个问题:假如这次不是公司正好想换掉他的前领导,难道就一直接受这样不公正的待遇吗?

小誉老实告诉我,其实他已经有了辞职的打算,这几年来他已经学到了他想学的东西,完全能够胜任更高要求的工作。他诚恳地对我说:"工作头几年,我根本没想过要多少回报,只想着多学点东西,以后用得着。"

一个人在自己的人生路上有如此觉悟,短期的不如意,根本不会影响他成长,甚至会成为他成长时最好的环境。

但是，我们有多少人有这种觉悟呢，包括我自己，也是在经历过一些事后才明白这个道理。

曾经有位编辑搞了一个平台，希望我帮忙写篇文章，因为交情不错，我很爽快地就答应了。

晚饭后我就把自己关在书房里来做这个任务，大概半个多小时我就出来了，先生随口问道："这么快？"

我说："嗯，反正就是帮下忙的，差不多就行了。"

先生提醒我："虽说是义务帮忙，但文章署的名字可是你的，你要是应付了事，倒的可是你自己的牌子。"

我如醍醐灌顶，立刻回到书房把原先的文章撤回，重新构思，认真写作，直到凌晨两点才完成。后来编辑跟我说，她请了好几位朋友帮忙写，发现我写得最认真，从此，我们成为至交好友。

这件事之后，我开始重新审视自己，我做每一件事，是为别人做的还是为自己而做？当我想明白这一点后，我再也不会以敷衍的姿态做任何事了。

当我们的付出没有得到想象中的回报时，我们怨恨、懊恼，满腹牢骚，最终决定不那么努力，去惩罚没有给我们更多回报的人，我们以为惩罚了对方，殊不知正好惩罚了自己。之所以会犯这种错误，是因为我们太计较一时的得失，忘记了什么才是最重要的。

不是有回报才去付出，而是付出了才会有回报。

婚姻,真的不是必需品

先生经常问我一个问题,如果我没有遇见他,我会跟谁在一起,我回答:"如果没有遇见你的话,我很有可能会单身一辈子。"

这话绝非哄他,在嫁给他之前,我真的觉得自己很可能会单身一辈子,但我并不觉得单身过一辈子是多么可怕的事。

多年前,我的闺密当当就和我聊过这个问题,那时,我们都单身。我告诉她:"如果我没有找到满意的另一半,我就游遍大江南北,结交三五志同道合的朋友,三十五岁以后好好做自己的事业,赚到足够养老的钱后,找一家五星级养老院,和里面的老头老太太打打麻将、唠唠嗑,生活一点也不会孤独。如果最后还有没花完的钱，就捐给山区的小朋友。"

她说："姐们儿，我支持你。如果你找到了喜欢的另一半，我也祝福你，咱好好的姑娘绝对不能落在一个只会消耗你的家伙手里。"

在这一点上，我们的观念惊人一致，所以才成为多年的闺密。

在我眼里，最可怕的不是单身，而是跟一个不是自己想要的人过一辈子，这对我而言无异于慢性自杀。这样的婚姻，会摧毁我对生活的热情、追求，甚至让我对整个人生都提不起兴趣来，那这样的婚姻又有何存在的价值呢？

以前我上班的时候公司有位姑娘，人很不错，大方爽朗，并且很能干，是公司重点培养的对象，只是快四十了还没结婚。另外一位女同事的婚姻不太幸福，经常跟我说她老公如何如何差劲，但当她说起这位同事时，会立刻表现出一种优越感来，认为自己的婚姻再不好，起码有老公有孩子，就凭这点，就远远超过那位没结婚的同事了。

可是在我眼里，恰恰相反，那位未婚的同事将自己的生活打理得丰富多彩，下班后跑步、打球、看书，节目丰富。周末看她的朋友圈，不是去哪个山头看风景了，就是自己在家整出一桌精致小菜，看了就让人食指大动，光看她的朋友圈就觉得这是个活力四射的姑娘。而且她从来不会因为婚姻问题纠结，即使有人问起，也总是大大方方两手一摊："缘分不来，我也没办法。"

我经常说，女人最肤浅的行为之一，就是将嫁得掉或者嫁得好作为衡量自己和他人是否成功的标准。如果真的要以婚姻来衡量一个女人的成功，起码这段婚姻也得是段值得的婚姻，如果仅仅只是嫁出去，那真的没什么值得骄傲的。大多数姑娘迟迟不肯结婚，不是因为嫁不出去，而是对自己对婚姻，都有一份坚持，希望找到正确的那个人，共度此生，正因为这份坚持，使她不愿意将就。能坚持做自己的姑娘不多，这样的姑娘是值得敬佩的。因为很多人都会在世俗或父母面前妥协，原本以为只是妥协一次，结果却往往妥协了一生。

我周围也有很多姑娘在婚姻上有着莫名的焦虑，明明才二十出头，就自称剩女，甚至给自己定下规矩，二十五岁之前必须结婚，无论好赖都得找个老公，所以才出现了那么多将就的婚姻和受煎熬的女人。

我一直认为，婚姻不在早晚，只要遇见的那个人是对的就行。刘若英直到四十才找到自己想嫁的人，婚后幸福得令人嫉妒；作家铁凝五十一岁才等到那个人出现，但对方让她觉得半辈子的等待完全值得。

好婚姻不怕晚，即使那个人始终不出现也不要紧。假如找一个不疼爱我们、不珍惜我们，甚至会伤害我们的人，难道和这样的人在一起过比一个人过更好吗？我们来到这个世界走一遭不容易，非得找这么个人来折磨我们吗？

曾经有位姑娘问我为什么现在好男人越来越少了，我说那是因为愿意将就的女人越来越多了，反正这么差也有很多姑娘愿意嫁，为什么还要做得太好呢？没必要嘛！

而更让我难受的是，逼迫女人的从来都是女人，天天催女儿早点结婚的总是母亲，挑剔媳妇的永远是婆婆，为难女人的往往是另一个女人。

前几天我在小区里还听见一位母亲对自己的女儿说：别挑来挑去了，我觉得某某不错。

我心想，如果您女儿真的觉得某某很不错，不用您催，她都迫不及待地为他披上嫁衣了，她这么不情愿，自然有令她不如意的地方。

我一直很不解，中国父母号称是最愿意为子女付出的父母，可为什么在婚恋问题上始终那么自以为是呢？好像在他们眼里，只要子女结了婚，自己的责任就宣告结束了，尤其是那些逼迫子女结婚的父母，不知道有没有想过，这样逼着他/她结婚了，如果未来他/她不幸福，做父母的又该如何自处？凭着一句"我也是为了他/她好"，就理直气壮地干涉孩子自由选择的权利，却又无法为他/她的终身幸福负责。

在这一点上，当当的母亲最是令我敬佩。当当结婚时已经三十岁了，老太太在她二十八岁那年说："慢慢找，找个满意的，如果找不到，宁愿不要嫁。"有人对她这一做法提出异议，老太太不高兴了："难道我非得逼着我女儿打折降价促销吗？"

曾经我做过一个很大胆的假设，如果这个世界上所有女人都不肯将就，那男人们的素质起码提高一倍。没办法，如果不提高自己就娶不到老婆了，毕竟，大多数男人还是会选择结婚的。

如果把婚姻当作必需品，必然会降低婚姻的质量。就如我们生活中的必需品一样，因为是必需的，所以一定要有，如果没有好的，差一点的也可以代替。就好比房子，住不起宽敞明亮的，阴暗潮湿的也行，总不能露宿街头吧？但如果是一款首饰，肯定喜欢了才买，如若不合心意，必定慢慢寻找，最后找到的，必然是自己满意的。

我说婚姻不是必需品，并不是排斥婚姻。若有很好的人出现，愿意陪我们走过未来的岁月，始终真诚相待，不离不弃，我们自然愿意交付一生，但若是一个只想着要女人付出、牺牲，并且觉得理所当然的家伙，为何要答应呢？都是父母精心养大的心头宝，何必如此糟蹋自己？

看淡婚姻，我认为是一个女人最大的进步，不将自己的人生随便处理，不让自己依附于别人，甚至不活在无关紧要的议论中，那是一种超脱的活法。有良伴出现，携手同行，若无良伴，独自前行亦可。

（38）

忠诚，只是婚姻的最低配置

有一次，我和朋友去参加一个聚会，身边坐了一位很健谈的阿姨，她得知我朋友还单身时，非常热情地要给她介绍男朋友，朋友推辞不过，只好听她聊一聊那个男人。

阿姨说对方是个非常本分的人，事关朋友的终身大事，我希望阿姨多介绍一下对方的其他优点，阿姨想了想说："他是个非常本分的人。"

我差点晕倒，阿姨不解地看着我问："还要什么其他优点？男人本分最要紧，只要本分，就不会有错。"

回来的路上，我问朋友，去不去见这位本分的男人。

朋友感慨地望着天空问我："本分就意味着这个男人婚后出

轨的可能性很小,是不是只要不出轨,就算是个好丈夫呢?"

我想了想说:"忠诚,只是婚姻的最低配置。"

朋友笑了:"你果然是我的知音。"

不知什么时候,忠诚竟成了一个男人对女人最高的恩宠,似乎一个男人只要对妻子忠诚,他就算得上是一个好丈夫,作为女人,就该知足,就该感恩戴德,别无所求,至于他是否体贴,是否宽厚,是否有上进心,好像通通可以忽略。

一亲戚觉得我认识的姑娘多,要求我给她的儿子介绍女朋友,我委婉地拒绝了,说没合适的。她觉得不可思议:"怎么会没合适的呢?我儿子多好啊,又老实又居家,最适合做老公了,我敢保证他这辈子绝对不会出轨,哪个姑娘嫁给他,就是她的福气。"

每个母亲都觉得自己儿子是天下最优秀的人,这点可以理解。但客观地说,我不想介绍,是因为不想害了人家姑娘。她儿子确实很老实,因为很少与人交往,也很居家,因为天天在家打游戏,除了游戏和吃饭,基本上对任何事都没兴趣,包括对找女朋友一事,完全不感兴趣,他觉得自己的人生里有游戏就够了,所以亲戚才会到处托人给她儿子介绍女朋友。按她儿子的表现,我也相信他不太可能会出轨,但一个天天沉迷于游戏,对女朋友完全无视的人,能给对方带来什么呢?如果哪个姑娘嫁给他，我都可以想象婚后的日子，接替他老妈的任务，为他洗衣、做饭、照顾他，我想哪个姑娘也不想一嫁过去就多了个大儿子吧？

其实这个社会对女性的要求已经宽松得多，但我发现很多姐妹过的日子还不如古代。在古代，也许女人的行动不自由，但分工明确：男主外，女主内，大部分女人只要相夫教子即可，也许那时候的男人不是很懂得尊重女人，但他会认为养家糊口是他的责任。但是现在，很多女人既要共同赚钱又要操持家务，付出的远远比古代的女人更多，可她们的要求却只是：老公在外面千万别有女人。

我记得我接触过这样一个案例，一位太太跟我诉苦，老公喜欢喝酒、打牌，赚来的那点钱根本不够自己用，经常深更半夜喝得酩酊大醉，回来后还砸东西，甚至动手打她。有一次半夜，她和孩子已经睡下了，她老公醉醺醺地回来，一把拎起她就给了她两个耳光，她稍微反抗了一下，她老公一脚就把她踹到了床下，疼得她几天都没复原。还有一次，她老公回来后莫名其妙地对她辱骂不休，她回了一句，对方就冲到厨房拿起菜刀要砍她，如果不是公婆被惊醒，拼命拦住儿子，不知道后果会怎样。

我听得胆战心惊，问她："这样的老公你为什么不离开他?"她不好意思地说:"虽然他确实有很多毛病,但他没有其他女人,总比那些在外面拈花惹草的男人要好。"

我当时在心里哀叹:大姐,你的要求实在太低了,他这样打你砍你,生命都受到威胁了,你都没想过要离开他,只是因为他在外面没有女人。

记得有一次,先生也和我聊过这个问题,他问我他是不是一个好先生,我说:"你自己觉得呢?"他回答得非常自信,说那当然了。我说:"那你告诉我你好在哪里吧。"他说:"我没有别的女人啊,你看现在多少男人都在出轨啊,可是我没有,我只有你一个。"

当时我也较了真儿,问他如果我从不关心他,从不体贴他,从不在乎他的感受,但我不出轨,我是不是一位好太太。

先生顿时哑口无言。

我一直认为,一段婚姻,忠诚是最起码的,如果连忠诚都没有,那还要这段婚姻干吗呢?可是很多人却把忠诚当作了婚姻的最高配置,这对婚姻的要求也太低了一点吧。忠诚固然重要,可是婚姻中的关爱、尊重、共同成长,不都是不可或缺的东西吗?

有人问我:"这个要求是不是太高了?现在的社会有多少

男人可以做到？"可我觉得一点也不高，一辈子的婚姻那么长，如果对方不是一个会暖自己的人，如何过得了这一生？甚至我也不关心有多少男人可以做到，因为我们不需要嫁给那么多男人，只要找到能符合要求的男人即可。

也有人无奈地告诉我，身为女人，哪个不希望男人对自己好一点，能关怀体贴一点，只是命里没这种福气，也只好退而求其次，只要他不在外面乱来就好。

而我的看法正好相反，一个男人如果在日常生活中不关心太太，不注重太太的感受，他出轨是迟早的事，端看有没有遇到令他心动的人，一旦有，他根本不会想到家里还有个太太。而一个关心太太、非常在乎太太感受的男人，他出轨的可能性就会小很多，因为他不愿意太太伤心难过。

所以，那种"男人表现差一点没关系，只要他没乱来"的理论，其实是不成立的。

（39）

当你的周围都是恶意时

我的朋友Q小姐无奈又悲愤地跟我说,她想辞职,我惊讶,干得好好的,怎么突然要辞职呢!

Q小姐悲愤地跟我说了事情的原委。

去年,她跟公司里的某领导确立了恋爱关系,对方曾经有过一次失败的婚姻,因为怕在公司里影响不好,所以离婚这件事没几个人知道,直到再次恋爱时,才渐渐向大众透露已经离婚的事实。但这为Q带来了很大的麻烦,当大家知道他们两个谈恋爱时,谣言铺天盖地而来,纷纷指责她破坏别人家庭,横刀夺爱,这样的传闻总能在第一时间得到迅速的发展,然后席卷全公司。更让她悲愤的是很多内容不堪入耳,更与真相无关。Q试着向他们解释，但那些人每次都会故作无辜地说："我们当然相信你了，你别多想了。"转身，却议论得更起劲，甚至把Q的解释当成新的攻击内容。

Q跟我说："亲爱的，他离婚跟我一点关系都没有，甚至之前我都不知道他的婚姻状况如何。我不知道人心会这么险恶，那些没什么交往的人议论也就罢了，有些平时还处得不错呢！这样的环境我真是待不下去了，我想辞职。"

Q还跟我说，她很想跟这些人狠狠地吵一架再离职。站在Q的处境，我非常理解她，但是这样有用吗？我用金星老师的话鼓励她：只管自己向上走。你在山顶上享受日出日落的美丽景色，他们还在山脚下玩十年前的老把戏，根本伤害不到你。

我们每个人都有被人误解和攻击的时候，解释和反击是人的本能，可是我们大概也经历过，很多解释根本不会有人信，甚至看在某些人眼里，那是心虚和狡辩。反击也是一样，当你终于气不过出手时，你觉得心里很畅快。殊不知，对方比你更畅快，因为你终于有回应了，这出戏大家可以一起唱了，多精彩呀！很快你就会发现，由于你的反击，引来了更多攻击，前后左右四面八方都有，你不知道该如何反击，欲哭无泪，但对方却愈加兴奋。

所以，解释和反击从来不是最佳回应方案。因为我们要考虑时间成本，每个人一天都只有24小时，谁也不可能有48小时，如果把时间用来解释和反击，那就意味着用来提升自己的时间减少了。而时间是这个世界最宝贵的资源，把它浪费在这些毫无意义的事上，是对它最大的亵渎，也是对自己整个人生的亵渎。

但我们更应该去想一想，为什么这些误解和攻击能够影响到你呢？如果说亲人的误解你在意是因为你在乎他们，可是生活中很多误解你或攻击你的人，可能跟你一毛钱关系都没有，那么你为什么还会这么在意呢？答案只有一个，你的内心太脆弱了，你站的地方太低了。有个成语叫"落井下石"，那么，如果你不站在井里，别人怎么做得到用石头扔你呢？假如此刻你是站在高处，这些人能搬着石头往天上扔吗？如果真这样，结果只有一个，这些石头没有砸到你，反而砸到了那些扔石头的人。

亲爱的，明白了这一点，你还要去解释和反击吗？面对误解和攻击，我们唯一能够做的只有两件事：一、努力让自己变得更强大有力；二、让时间来证明一切。

对于写作的人而言，误解和攻击更是无处不在，观点不同或者不喜欢看都可以成为攻击的理由。比如我完全虚构的故事，有人会觉得很真实，甚至当成我自己的经历，而我根据真实故事写成的小说，会有人觉得这肯定是假的。当年在天涯连载《豪婚》时，一周之内点击破百万，喜欢的人很多，骂的人也不少。后来这个文的点击过四百万，跟帖超过一万，毁誉就更多了，但我自始至终都没有回复过。当时只是觉得写作的时间都不够，哪有精力去解释或反击呢，何况都是不认识的人，何必去计较，我只管写就是了。一开始，那些攻击的人上蹿下跳，觉得自己赢了，他们觉得我连回应都不敢，骂得更加起劲。我依然还是写我的文，唯一不同的是，因为有不同的声音，我对文章的要求更高了。又过了一段时间，那个帖子慢慢干净了，由于我的不回应，那些人觉得没意思，换帖子去骂了，而剩下的都是喜欢的人，很多都支持到现在，我出的每一本书，他们都会买来珍藏。

记得当时还有一位作者在连载，文章也挺火的，但更新很慢，有些读者不满意了，觉得作者是故意吊人胃口，两方掐起架来，最后作者火了，弃文封笔，很多喜欢那个文的读者都在帖子下面留言，希望作者回来。当时我就一个感觉，骂作者的人看到弃文的结果应该是很高兴的，但弃文这个举动却让真心支持的读者们失望伤心了。

几年后，机缘巧合，我和这个作者成了朋友，但她早已多年不写，偶尔聊起我们在天涯的那些日子，她问我当初的淡定是因为我真的淡定还是根本不去看回帖的内容。

我说，其实有空我都会看一下的，当时我就想着毕竟支持的人更多，我要为了支持我的人而写，不能辜负他们对我的支持，所以，一写就写到了现在。

后来有一个读者给我留言：对于其他读者而言，我可能不一样，因为一开始我不喜欢你，我觉得你肯定是装的，你的大度与智慧肯定是装出来的，但是几年过去了，你始终如此，我就开始欣赏你了，我希望成为你那样的人。

所以说，很多误解根本无须解释，时间会证明一切。

我的朋友Q小姐最后还是选择了辞职，她给我发的信息是这样的：我辞职不是因为我被他们打败逃走了，而是我决定跳出这个圈子，去努力做更好的自己。

我在心里为她狠狠点了赞，辞职后的Q代理了一个红酒品牌，由于自己的努力和男友的帮助，很快就做出了成绩，中间的艰辛略过不提。前几天，我们喝茶时，她对我说："我原本还想着君子报仇，十年不晚，但仅仅一年，这种想法就变了，时过境迁，原先很在乎的话早就引不起一点波澜了，我知道他们还是会有议论，说我是靠着他才有了现在的成就，但现在这些话已经完全伤害不到我了，我甚至还要感谢他们，是他们促使我发奋努力。"

看着Q现在自信的样子,我觉得她比以前美得多。试想,如果Q为了那些恶意烦恼、愤怒、反击,最后只会纠缠在这些事里彻底变成一个敏感、无聊的人,但选择了脱离后,才发现外面的世界是那么广阔与精彩,精彩到你分分秒秒都为它倾倒,哪里还有时间、精力去在乎那些恶意呢?你甚至会想,如果没有这些恶意,你可能这辈子都不会欣赏到这么精彩的世界,也不可能达到这样的人生高度,到那时,你会从心底里感谢那些曾经对你心怀恶意的人。

(40)

我们为何疏远了曾经的那些人？

我的朋友G先生告诉我,以后除了极个别老同学和旧同事,其他人他打算慢慢疏远,把曾经的岁月都放到回忆中。

G先生比我大六岁,我们相识于微末,那时候我刚刚上班,薪水不高,他的工作是助理,待遇也一般。但G先生志向远大,他告诉我并不在意薪水高低,只要能够学到东西,因为他迟早得出去自己干的。

2008年时经济危机,很多原本有想法的人都暂时搁置了念头,打算等大环境好一些再做下一步打算,而G先生却坚定地辞职去了广州。当时,连我都觉得他太草率了,也许等一等会更有把握,但他心意已决。他走的前一天,邀请我和另外一个朋友一起吃饭，席间他认真地对我们说："以后离得远了，见面肯定会少，但我希望我们做一辈子的朋友，无论彼此是贫穷还是富贵。"

转眼几年过去了，G先生在广州努力打拼，终于站稳了脚跟，但由于急于发展，在一次重大合作时被对方公司骗了，损失几千万，对方直接跑到了国外，他追索无门，最后连房子和车子都抵押出去了，他的首次创业以失败告终。

之后，他痛定思痛回到浙江，找关系从银行贷到一笔钱，开始做儿童玩具。他吸取了第一次失败的教训，小心谨慎地经营着玩具厂，几年后，他渐渐做出了名气，现在已经把玩具卖到了欧洲。前段时间先生从意大利带了个玩具给侄子，结果发现"made in china"，G先生一看，哈哈大笑，得意地告诉我们这是他们公司制造的。

G先生的成功，除了他踏实勤奋外，最主要的一点是他重感情，念旧情。如今他却告诉我要疏远曾经的人，我猜想肯定发生了什么事。

G先生说自从他的事业越做越顺后，经常会接到许久不联系的同学或者同事的电话，经常以这样的形式开头："喂，G总啊，还记得我不？别是发达了就不认识我了吧？"

G先生跟我说，每次他听到类似的话，心里都觉得很堵，一种叫"旧情"的压力扑面而来。

G先生努力试图让我明白："我不知道你理不理解那种感受，这样的话我们平时开玩笑时也经常说，但从有些人嘴里说出来，你就是会感到一种酸溜溜又不怀好意的意味。然后他们会提出要你帮忙做一件什么事，如果你拒绝，就是真的不念旧情。"

我明白G先生想表达什么，这个世界上除了道德绑架，还有一个词叫"情感绑架"。我们活在这个世界上，谁也不希望被别人说自己是冷酷无情的人。

G先生跟我说，这一年里，他就陷在这样的旋涡里无法摆脱，而前不久的一次同学聚会终于促使他决定远离这些人。

两个月前，G先生的高中同学里有人提议办一次同学会，很多人响应，最后决定找一个度假村好好玩两天，每个人大概需要交一千块，聚会那天当场收齐。发起人特意给G先生打了电话，通知他一定要参加，现在所有同学中G先生是混得最好的一个，不来就是不给老同学面子了。盛情难却，G先生把原定去日本出差的行程延迟，改去参加同学会。

交钱的时候，不知谁说了一句："G总，现在你可是大老板，同学会就你请客吧，让我们也沾沾光。"

G先生也豪气地说："没问题，那就算我的吧，请老同学吃饭是我的荣幸。"

正当他想把信用卡给发起人时，又有一同学说："虽然我们没有G总有钱，但参加个同学会的钱还是掏得起的，何必占这种小便宜呢？"

于是，G先生请也不是，不请也不是，尴尬无比。最后，还是班长决定按照原方案执行，为了避免大家不自在，所有开销都是AA制。

G先生感慨地对我说："真正让我不想参加的原因是我发现我们早已不是同一个世界的人了，完全聊不到一起。女同学们聚在一起聊自家的娃，聊家里的婆婆如何奇葩；男同学在一起，要么相互吹牛，自己在公司如何受领导器重，要么抱怨自己怀才不遇，问我该如何快速致富；还有一些我挺想跟他们好好聊聊的，但他们觉得跟我聊天有拣高枝的嫌疑，客气地打个招呼后就坐得远远的。后来，我就借口有事，早早告辞了。"

但令G先生没有想到的是，同学会结束后没几天，有的打电话给他想借些钱，有的希望家里人到他公司来上班，并且说："老同学了，不会连这点忙都不肯帮吧？"

G先生评估后帮了一两个，大部分他选择了拒绝，毕竟做到他这份上，情谊和实际总还是分得清的。被拒绝的人自然不高兴，免不了到处说G先生不念旧情，举手之劳的事情都不肯拉同学一把。

我也理解G先生，帮一次两次确实不是什么大问题，但是要帮的人多了，哪里顾得过来？最后的必然结果，就是和曾经的人越来越远。但和其他疏远不同，一个人成功后和曾经的人不再联系，必然要受到指责。

在生活中，我经常会听到有些人抱怨自己的旧识："别提他了，自己混得好了，哪里还会正眼看我们一眼呢？人家眼界高着呢！"

这个世界上有一种不公平的逻辑一直存在：一群人中有一个人出息了，经常会出现两种现象，出息的那个人渐渐和以前的人走远了，或者以前的人渐渐和他疏远了距离，前者往往会被人诟病成不念旧情，后者往往会被人奉为清高自持。

但这个世界又很公平，当你被远离或远离曾经的那些人后，又有新的知己朋友走入你的生活，和你的思想再次产生共鸣。

疏远曾经的朋友，其实和看不起无关，很多也并不是刻意疏远，而是彼此的世界已经不同。当他跟你八卦别人的是非，你觉得很无聊，满脑子想的是如何提升自己；当他跟你抱怨工作不好，你觉得抱怨有什么用，满脑子想的是如何更加努力地去完成自己的目标。他不理解你的世界，你也早已经对他的世界陌生，渐渐地，越走越远，直到成为对方的回忆，即使你想努力维系，结果也是无话可说。

前不久，我和一位许久不见的朋友聚会，我满怀兴奋地去赴约。曾经我们彻夜聊未来聊感情，彼此在对方的生活中画过浓墨重彩的一笔。

然而，这次见面，我再也找不到曾经的感觉。席间，她不断跟我说她六岁的孩子，当然，我明白每个当妈妈的是多么愿意跟朋友分享孩子可爱有趣的一面，我也乐意听她说一些孩子的趣事，但许久不见，我真的不愿意让孩子的话题一直贯穿我们的久别重逢，我多么希望我们除了孩子还能够聊聊现在的生活、爱好和追求，孩子可以作为其中一个话题，但不应该是全部。我努力想把话题从孩子身上转移，但聊不到两句，她的话题又会回到孩子身上。最后，她无限满足地对我说："亲爱的，赶紧生个孩子吧，以后我教你怎么把孩子养得又白又壮，到时，我们可以天天聊孩子。"

我没有正面回答，然后微笑告辞。出门的那一刻，我的心里有些感伤，我们的世界已经不同，再也不可能回到当初。

人与人的交往，说穿了就是思想的碰撞，能长久交往下去的人，彼此都能走进对方的精神世界。有些人，曾经走进过彼此的世界，但由于各自的经历际遇不同，慢慢地又淡出了对方的世界。

走远的，成了我们的回忆；新来的，成了我们的生活。

(41)

无论单身或已婚,都要宠爱自己

朋友Wen在微信圈发表了一条说说:新种的月季已经生了根,叶子碧绿碧绿的,煞是可爱,待到明年花季,满院暗香浮动,顿时觉得自己的生活也充满了香气。配的图片是她新烤的几样小点心,虽然样子不是特别漂亮,但我怎么看怎么顺眼,觉得比外面卖的好得多。于是,我在她下面跟了一条:亲爱的,偷得浮生半日闲啊,我都恨不得扑过来和你共享这世外桃源了。

很快,她就回复了:那就来吧,我新学了几样菜,你要是不介意当下小白鼠,我做给你吃啊!

心已经蠢蠢欲动,但作为成年人,必然懂得疆界,担心自己突然闯入打乱人家的生活节奏，于是又发一条：那我可就真的来了？

她发：快来快来，今天就我们两个女人过了。

于是，我转身回到更衣室，手脚麻利地换好衣服，驱车前往。

Wen在市中心有一套高层，离上班的地方也挺近，但她果断把市中心的房子租了出去，再用一半的租金在郊区租了一个小院。之前我曾去过几次，郊外空气清新，小院收拾得干净雅致，让我这个住在闹市区的人回家就跟先生商量要换成独门独院的别墅，因为我要种花种草。先生想也不想地否决了我的提议，理由是：他经常出差，家里只有女人，别墅太不安全了，随便翻个墙就进来了，住得高虽然不接地气，但起码安全啊，要爬得那么高入室也挺不容易的。于是，我只好一脸羡慕地看着Wen过着悠闲精致的生活，偶尔过去叨扰一下。

Wen今年三十二岁，至今未婚，在世俗的标准里，她已经是不折不扣的大龄未婚女青年了，但她从来不恨嫁，这也是我喜欢她的原因之一。在她身上，我总能感受到一种"岁月静好，浅笑安然"的味道。

Wen并非一直单身，在二十四岁那年，她遇到了生命中的初恋，由于聚少离多，这场恋爱整整谈了六年，在三十岁生日那天，男友向她求婚，她欢喜地答应了。正当她幸福满满地打算做最美丽的新娘时，却看见男友和另一个女人手挽手地在逛街，那个女人很不屑地告诉她："他娶你只不过是因为你市区有房子而已。"男友狠狠地甩了那个女人一巴掌，乞求她的原谅，Wen淡淡地告诉他缘分已尽。男友整整求了她三天，Wen一直不为所动，最后他忍不住对她晓以利害："你不是二十出头的小姑娘了，说分手就分手，再不结婚你知道别人背后叫你什么吗？齐天大圣！"

Wen依旧淡淡地说："那是我的事，和你无关。"

当时有人劝Wen，既然他已经求饶，就原谅他一次吧！毕竟已经三十岁了，再找也要花时间，Wen却请假飞去了三亚。一个月后她回来时，笑容已经又回到了她的嘴角。

我一直认为，三十岁选择分手要比二十岁选择分手更有勇气，而能在分手后打理好自己的生活，那就更令人敬佩了。

和上次相比，Wen的小院里添了不少新植物。我到后她递给我一把小铲，我们一起在院子里除草、培土、修剪，时光静谧而悠闲。

中午，Wen掌厨，我打下手，六菜一汤很是丰盛。中途Wen接了一个电话，似乎是朋友打过来的，催她赶紧找个老公嫁了，Wen一点不耐烦的神色都没有，浅笑着说有合适的一定会考虑的。挂上电话，我问她："这样的电话多吗？"她说年纪大了，总会有一些。我问她会不会不高兴，她笑笑说："只要自己知道想要什么就不会恼，何况我也不是独身主义者，没有合适的，我就好好过我的单身生活，如果有合适的，我也会步入婚姻，但无论是单身还是已婚，我都要好好宠爱自己。"

这一刻，我只想对她说三个字：么么哒！

我另一个朋友J，差不多和Wen同年，经常在深夜或者清晨发消息给我：亲爱的，我现在心情不好，我觉得自己好颓废，你能陪我聊聊吗？大多数时候，我都睡得香甜无比，等我起床洗漱散步完毕看到她消息时，往往已经是几小时之后了，偶尔我半夜里睡浅了带着浓浓的睡意回复她：好好睡觉，明天又是崭新的一天。

偶尔遇见的时候，她的状态总是不太好，脸色发黄，眼睛没有神采，衣服也穿得很随便。见面后，她必定会拉着我问："亲爱的，你说怎么才能遇到喜欢我的人呢？再不嫁出去我真的要老了。"

我告诉她："好好宠爱自己，逛街美容看书旅游，什么都可以做，唯独不要自怨自艾，当你把自己的生活过好了，自然会吸引男人来追你。"

但随着年纪的增长，她的状态越来越差，我很少去看她的朋友圈，因为一点开，满满都是负能量，看到那些动态，再明媚的心情都会无端压抑。中间她也相过几次亲，但那些男人很快就跟她分了手，这无疑是雪上加霜，J更加自暴自弃了。我劝她别把生活过成这样，带她去购物，她萎靡地说："反正没男人，打扮得那么好看给谁看呀！"带她去美容，她还是这句话。

有一次，她生病发烧叫我过去送药，我在垃圾桶里看见好几个泡面袋子，问她："你在家就吃这个啊？你以前厨艺不错，干吗不好好吃饭呢？"

她有气无力地看了我一眼："一个人，懒得做，随便吃什么都行。"

我真想把她揪起来大声告诉她，无论单身还是已婚，都要好好宠爱自己。

在这个世界上，我佩服两种人：一种是即便单身，也会把生活过得充满朝气，让身边的人耳目一新；另一种是即便结婚，也不失去自我，照样在婚姻生活里好好宠爱自己，活成别人的榜样。

亲爱的，但愿你能成为这两种人。

(42)

你有权利选择做珍宝还是做顽石

周末,先生带我去他朋友的会所玩,朋友夫妻两个年过四十,没有孩子,但养了四条狗。

我本身算是个爱狗人士,但和先生的朋友比起来,就差太远了。朋友每天早上要给四条狗刷牙、洗脸、洗脚,然后才是他自己开始洗漱。晚上这四条狗跟他们在一张床上睡觉,朋友和我们聊天的时候,时不时地和这几只小狗对亲,在他亲的时候,他太太抱起另外一条小狗,也跟着对亲。

先生嫌恶地看着朋友夫妻两个和小狗亲吻,一脸抽抽:"你们就不嫌恶心吗?"

朋友继续亲,完全无视先生受不了的表情。回去的路上,先生大摇其头，表示他实在受不了跟一条狗亲来亲去。我笑着说："又没叫你亲，这么激动干吗？"

先生表示如果是我，他也受不了，他实在不能接受伴侣亲完狗再来亲自己。我认真地说："所以只有他们两个才合适啊，一样都是这么喜欢狗，一样都不喜欢孩子。"

所以我认为，朋友夫妻两个是绝配。有什么样的爱好不要紧，持什么样的理念也无所谓，关键是找到那个和自己契合的人过一辈子，一旦找错，要么中途换人，要么相互折磨一辈子。

我认识一对夫妻，因为阳台是用来晒衣服还是看风景而离婚，丈夫属于浪漫享受型的，他觉得在阳台上挂满衣服，实在是有碍观瞻，而妻子是居家过日子型的，她觉得阳台上阳光充足，是晒衣服的最佳空间，只要有太阳，二话不说就会在阳台上挂满衣服，两人因为这些琐事，折腾了六七年后终于离婚。当然，他们的矛盾还表现在其他方方面面，总之就是生活理念不同。

后来，妻子又找了个男人，这个男人和她一样，也是居家过日子型的，两人开开心心在阳台晒满了衣服、被子，一起欣赏自己的劳动成果，欢欢喜喜一起去超市买生活用品。她满足地对我说："找一个和自己差不多的男人，真的轻松快乐很多。"

我一直认为，要去改变一个人，真的千难万难，何况一辈子那么短，偏要找个与自己格格不入的人，然后再花一辈子时间去改造对方吗？

有姑娘对我说，很羡慕我能够把婚姻经营得那么好。其实说经营有点严重了，确切地说，我和先生适合彼此，无论是观念还是生活习惯，都很接近。我喜欢打扮，不喜欢做家务。刚好先生也不喜欢专心做家务的女人，他喜欢把自己打扮得赏心悦目的女人，其他的会不会不要紧。

如果我换一个其他类型的男人，我心满意足地换上新买的裙子，希望得到他的赞美，他皱着眉头对我说："地怎么这么脏，也不拖拖？"我看中一款美丽的首饰，希望他买给我，他不耐烦地说："你还嫌少啊，钱应该存起来以备不时之需。"若他兴高采烈地拿着存折给我看："你看，我们存了很多钱呢。"我翻个白眼说："用掉的才是自己的钱。"

如此相互煞风景，就算我集心理专家、两性专家等无数智慧于一身，也得不到我想要的生活。

还有我婆婆，很多人认为我能言善道，才把婆婆哄得开开心心，事实上我们真正能够和谐相处的原因是彼此理念接近，认同对方的生活与观念。如果她坚持女人结婚后必须比男人多无数倍地为家庭付出，我就算舌灿莲花都没用，过不了两个月，她就得在心里判我死刑。

如果你在婚姻里苦苦挣扎，做了无数努力还是无法得到想要的幸福，不是因为你不够好，只是因为你没有找到对的那个人，身边的这个人给不了你幸福而已。当你遇到对的那个人时，你会发现自己无比美好，你会变得前所未有自信。让我形容一下遇到对的人是什么样的感觉吧！你的一颦一笑，在他眼里是那么恰到好处；你若节俭，他认为你勤俭持家，你若玩乐，他觉得你活力无限；你有什么想法，不用跟他争得面红耳赤，他早已微微一笑等在那里。你会由衷地感叹：原来这个世界上还有这么舒心的爱情和生活，原来这个世界上，还有这么一个人，爱我如珍宝。

是的，姑娘，在对的人眼里，你就是珍宝一件，在错的人眼里，你连顽石都不如。但愿我们每个人都选择去做别人的珍宝，而不是顽石。

(43)

得体是女人最大的优雅

记得一年前我和朋友逛街,朋友拿起一款粉红色的包包问我好不好看。

我说:"好看,挺适合你女儿的。"朋友嗔怪地看了我一眼说:"我给自己买的。"

我自然不会说年纪大了别用太嫩的颜色这种话,但总觉得那个包包挺突兀的。后来,她拉着我去做造型,我要求发型师给我做个大卷,看起来有女人味一点,朋友要求发型师把她的卷发拉直,再剪一个齐刘海。发型师迟疑地问她确定要这样吗?她对着镜子照了照,肯定地说:"就这样弄,这样会让我看起来年轻很多。"

三个小时后,我们相互看着对方的造型,她问我:"好看吗?"老实说,看起来确实要年轻一些,但总觉得怪怪的,有种违和感。我把这个感觉老实告诉了她。她满不在乎地说:"刚换一个发型,你看着不习惯嘛,看久了就好了,法国女人六十岁还热衷打扮,中国女人更需要,要不然怎么跟那些年轻貌美的姑娘竞争?"

我想起念大学时的一件事,当时同寝室的晓露接了一个家教的活,每天都要去辅导一个台湾小女孩。后来她想请假和男朋友去北戴河玩,又舍不得把这份家教的活辞了,就央求我替她一个星期,我答应了。

晓露悄悄叮嘱我:"你教得好教得差不要紧,但是一定要记得夸乐乐的奶奶年轻,另外,千万别跟着乐乐一起喊她奶奶。"

我不解地看着她:"那我叫她什么?"

晓露非常认真地告诉我:"她喜欢别人叫她张小姐,虽然她已经六十一岁了,反正你记住这两点,等我回来就行了。"

我怀着好奇心到了那户人家,保姆带我去见了乐乐奶奶。一进门,我就吃了一惊:她穿了一件蕾丝花边的衬衣,下面是一条蛋糕蓬蓬裙,脚上穿着一双坡跟的小凉鞋,完全一副十八岁少女的打扮。我好不容易才挤出"张小姐"三个字，但是夸她年轻的话，怎么也说不出口。

从保姆口中得知，她并非一开始就这样，老公去世后，她一个人创办了两家集团公司，抚养三个孩子长大挺不容易的，六十岁那年找了一个比她小二十岁的男朋友，就开始这样打扮了。

我明白了，她是希望能够和小二十岁的男朋友看起来更匹配一些，想用年轻的打扮来证明自己还未老去，但我看了有一种说不出来的违和感。前两天，我在古镇旅游时遇见了一位差不多年纪的老太太，老太太穿了一身真丝手绣旗袍，耳朵上缀着一对小巧精致的水滴形翡翠耳环，头发在后脑勺绾成一个髻，说不出来的优雅动人，甚至比一些年轻的姑娘更有味道。那一刻，我突然明白了那种违和感来自哪里：前者一味追求年轻，却忽略了现实，所以夸张而突兀，后者顺应年纪，所以得体而赏心悦目。

每个女人都怕老，记得二十岁过生日，朋友让我许愿，我说我的愿望就是等到七十岁时，看起来还像十八岁一样娇嫩。但现在我不认为年轻就是最大的资本，对于每个人而言，从年轻到老去，必然要走一走这过程，但结局却大不相同。

当然，年轻娇媚是好事，但如果只有年轻娇媚，那就未必了。有些人喜欢传递这样一种调调，比如"男人四十一枝花，女人四十豆腐渣"，鼓励姑娘们在二十五岁之前就把自己嫁掉，否则，要么只能嫁一个不怎么样的男人，要么只能找二婚男人了，因为好男人早就被人抢光了。很多姑娘听了变得焦虑不安，才二十六七岁的年纪，就成了"结婚狂"。

可是事实真的如此吗？

只要年轻漂亮身材好，那是老男人找小三的标准，不是成熟男人找老婆的标准。我身边很多成功男人找的都是三十岁左右，有涵养懂生活的女性，这些女性未必有多漂亮，但知性和优雅足以秒杀很多年轻姑娘。

一个女人可以吸引男人的特质实在太多了，比如生性善良、懂生活、见识出众、富有智慧。一个男人选择女人的唯一标准如果只是年轻，那必定是个肤浅的男人，我们愿意与肤浅的男人共度一生吗？真找了这样的男人，只会变得更焦虑，因为你心里清楚吸引他的只不过是年轻，所以害怕更年轻的姑娘出现。

不可否认，从视觉上看的确是年轻的姑娘更赏心悦目一些，不用费心打扮，就是一道风景，鲜嫩得能掐出水来。但很多东西，年轻时无法具备，比如阅历、智慧、见识等，这些都要靠时间积累。所以，青春流逝并不可悲，因为谁都曾有过青春，但是青春流逝后，没有智慧、阅历和洞悉世事的超脱沉淀下来，那就会很可悲。

年轻时，我也很害怕自己老去，因为那时我除了年轻什么都没有，所以很怕失去这唯一的优势。而现在在奔四的道路上，却再也不怕自己老去了。因为如今我明白，当初害怕不再年轻，大部分原因是怕不再年轻后，失去了别人的关注，更确切地说，害怕失去异性的关注。当看到那些男人无论二十还是八十，喜欢的永远是十八岁的姑娘时，我真的希望自己青春永驻，但是如今我明白，虽然男人依然喜欢年轻的姑娘，这是他们的本能，但后天的修养会使他们修正自己的观念，多方面去判断自己的喜好。而最最重要的是，现在的我是一个完全独立的人，拥有自己的兴趣爱好和日渐平和的心态，不会再为是不是这个世界的焦点而焦虑。

当我眼界开阔时，我发现这个世界美好的东西实在太多了，多得让我无法去计较年轻还是不年轻。我的时间被很多美好的事物充斥，每一天都充实而有意义，所以，我发自内心觉得时间的流逝是值得的。

老并不可怕，碌碌无为才可怕。那些中年后邋遢臃肿的女性，其实在年轻时也并没有精彩丰富的人生，大多急急地把自己嫁掉，一头扎进婚姻里，不再经营自己，而年轻时积极努力的姑娘，人到中年后只是更精致优雅而已，岁月赋予她们另一种美。

我很喜欢韩国一位女星李英爱，年轻时，我觉得她挺漂亮的，但她四十以后，我觉得她比二十几岁时更美，那种优雅宁和的美丽，让我惊觉岁月的神奇。所以在前不久的韩国小姐决赛中，她的出席成为全场焦点，甚至盖过了年轻漂亮的冠军。她只是安静温和地坐在自己的位置上，却吸引了无数人的目光。我喜欢她，尤其喜欢她的眼眸，温和清亮，一点都不浑浊，举手投足间似乎都飘着淡淡的香气。我喜欢这样的状态，在特定的年纪里拥有该年纪最好的姿态，远甚靠外表和打扮凸显的年轻。

我的朋友在第二天就泄气地告诉我，她换了新造型，但老公拒绝和她同行，说受不了别人看西洋镜似的眼光。她不得已又重新换了造型。后来，我看到了她的新造型，一头利落的短发，一身浅米色的套装，适中的高跟鞋，我由衷地赞叹：好一个优雅美丽的女人。之前的打扮会使她获得更多的回头率，但大多是不以为然的表情，现在的她未必会吸引很多人，但所有注视她的人，是真正认为她美的人。

当我们不再年轻时，安然地接受这个事实，远比强求年轻更实际，岁月会把年轻时努力积极的姑娘打磨成一方美玉，温润而通透，也会将颓废懒散的女人摧残得更不堪入目。

愿我们都被岁月打磨成一方美玉，而不是被岁月摧残成豆腐渣。

(44)
多少人的爱情，不过是自己的想象

前几天，朋友晓嘉给我发消息，说想和我聊聊感情问题，她很迷茫。当时我忙着和编辑沟通新书宣传的事，抱歉地告诉她没有时间。

但晓嘉很执着，说她会等我，让我忙完了告诉她一声。然后，我就忙得天昏地暗，等我想起来时，已经是好几天后了。

像是心有灵犀一般，正当我打算给她发消息时，她在微信上问我："忙完了吗？"

我叹了口气，说："有什么问题，你说吧！"

其实，对于晓嘉的感情故事，我并不陌生，因为平时在微信上她断断续续跟我讲过不少。

晓嘉刚进公司时，爱上了另一家公司的销售经理，两人一来二往，很快就确立了恋爱关系。

自从恋爱以后，晓嘉整个人都扑在这段感情上。她是安徽人，家境普通，可她是家里的独生女，从小也是在父母的呵护下长大的，在很多事情上，她并不擅长。可是为了照顾男友，她完全变了一个人。平时自己的衣服都懒得洗的人，两三天就去拿男友换下的衣服回来帮他洗。她还买了很多菜谱，努力学习厨艺，完全沉浸在自己的甜蜜中。

那时我们交流比较多，她每天都会跟我汇报昨天她又为男友做了什么。她找我的主题基本就是"他快要生日了，你说我送他什么东西好呢？""下个星期就是我们认识一周年了，你说我应该给他什么惊喜呢？"

也许我生性偏理智，在她每天不断的诉说中，我很快就感觉到了不对劲。

于是，我问晓嘉："你每天为他做这么多事，那他都为你做些什么呢？"

"他很关心我啊！他每天早上都会打电话跟我问早安；中午也给我打电话，问我吃了些什么；傍晚会关心我工作忙不忙，累不累，晚上要不要加班。每天晚上睡觉前，他一定会跟我说一句'我爱你'。"晓嘉满脸幸福地告诉我，"他是个非常细腻体贴的男人，天气一冷就会提醒我多穿衣服，天气一热就会叮嘱我记得涂防晒霜，工作累了会劝我休息，每天会给我无数关怀。"

我继续追问："那他为你做过些什么呢？"

晓嘉天真地说："我刚才说的都是他为我做的啊！你想啊，有几个男人能做到他这样啊！很多男人一天都不会给女朋友打一个电话呢，我经常听我们办公室的女孩子这样抱怨男朋友。"

闻言，我好不容易才忍住翻白眼的冲动。

如果那时候就有金星老师的那段话："等我女儿长大了，我会告诉她：如果一个男人心疼你挤公交，埋怨你不按时吃饭，一直提醒你少喝酒伤身体，阴雨天嘱咐你下班回家注意安全，生病时发搞笑短信哄你……请不要理他！然后，跟那个可以开车送你、生病陪你、吃饭带你、下班接你、跟你说'麻痹的破工作，别干了！跟我回家！'的人在一起——嘴上说得再好，不如干一件实事！我们都已经过了耳听爱情的年纪！"我一定会甩给晓嘉，让她好好看看。

晓嘉幸福地沐浴在对方的甜言蜜语中，觉得已经遇到了真爱，对未来充满了期待与信心。平心而论，我从来没觉得她男友有多爱她，甚至我都感觉不到有爱。但陷入热恋中的女人是没有理智可言的，我委婉地提醒她应该多用心去看人，而不是用耳朵，晓嘉见不得我说她男友不好，极力维护。我并非苦口婆心劝人的性格，一看她的反应，便作罢了。

而我也不愿意每天被她追着问"你说他是不是很爱我？"于我而言，如果一个男人只会动嘴皮子而没有实际行动，我绝对不会相信他爱我。不是现在的女人现实，而是很多女人终于明白了这中间的逻辑：愿意为你做很多事的，不管他做得是好是差，他心里绝对是在意你，真心想对你好的；每天只知道动嘴皮子的，就算话说得再动听，如果没有实际行动来配合，不过是一场打着爱情幌子的游戏而已。

晓嘉在男友的甜言蜜语里很开心地过了三年后，不得不开始面对一个现实的问题：她即将奔三了。对于晓嘉而言，对方没有实际行动并不妨碍她坚信两人之间是真爱，但结婚是她的软肋，她的观念非常传统，觉得女人应该在三十岁之前把自己嫁掉，否则要面对的社会压力实在是太大了。

于是，她开始追问男友什么时候跟自己结婚。男友吞吞吐吐，避而不答，甜言蜜语加倍地往外冒，什么"宝贝你放心啦，我们这辈子一定会在一起的，能遇到你，是我三生有幸啊！""亲爱的，你别这么着急嘛，结婚是一辈子的大事，怎么可以这么草率呢，我们慢慢沟通嘛！""我发誓，我这辈子一定会娶你，你是我唯一想娶的女人啊！"

在对方的安抚和誓言中，晓嘉又和他走了两年，只不过这两年不如前三年那么开心。五年之中，晓嘉多多少少也成熟了一些，不像当初那样几句话就可以打发。在爱情中，再傻的女人也会有天生的直觉，晓嘉觉得对方慢慢地在疏远自己，不再像以前那样天天打好几个电话给她了。只是每当她追问时，对方会斩钉截铁地告诉她："傻瓜，不要多想了，我怎么会不理你呢？我最近工作很忙啊，我必须把工作干好，我们才有更好的未来啊，你要理解我支持我嘛！"

在无助迷茫时，晓嘉想到了我。

她问我："你觉得他爱我吗？"一如五年前问我一样。

我叹了口气，说："不管我怎么回答，你都不会满意的。如果我说爱，你会问我那他为什么迟迟不娶你；如果我说不爱，你又会举很多例子来推翻我的观点，所以，这个问题要问你自己。"

但晓嘉执意要我的答案，我说："答案显而易见。你问问自己，这些年，除了甜言蜜语，他还为你做过哪些事，就什么都明白了。"

经常有很多姑娘不无惋惜地告诉我，她们的爱情有多么美好，多么感天动地，可是如今却要分手，爱情实在太脆弱了。而我听完却只有一个感觉：姑娘，我相信你真的是为了爱情，也为"爱情"付出了很多很多，可事实上，那只是你一个人的爱情而已——对方从来没有进入过角色，你在自己的爱情里感动了自己，却不知道那不过是你自己想象出来的爱情，与真正的爱情无关。

多少女人失恋时痛哭流涕，对过去的感情念念不忘，不断追问："为什么他一点都不珍惜我们之间的感情呢？"那是因为，你以为遇到了真爱，其实根本没有，你们对这段感情的感受完全不同。若真正深爱一个人，哪会轻易离开？因为你从来没有入过他的心，所以他走时，才能够如此潇洒。你们之间存在的并不是爱情，而是一种说不清道不明的需求。

亲爱的，你一定要明白：如果一个男人忍心看着你受苦而无动于衷，知道你一心想嫁他而百般拖延，看着你心碎神伤依然我行我素，清楚你想要什么却毫无行动，那么，他一定不爱你！

你所谓的美好回忆、纯真爱情，不过是你独自营造出来的爱情假象而已，与真爱，有着云泥之别。

(45)

感情中，选择永远比经营重要

小长假前夕，一位许久不联系的朋友突然发微信给我，说出差路过我所在的城市，想请我吃饭，好久没见了，挺想我的。

本来许久不见的老朋友要来，应该是件开心的事，但我有些尴尬，不知道应不应该接受这个邀约，因为当初是我故意疏远了她。

叫她L吧，我和L认识十来年了，有一段时间，我们的关系挺好的。但没过多久，我故意慢慢疏远了她，后来她辞职离开了这个城市，我们就再也没有见过面了。

其实L人挺不错的，没什么心眼，特别简单，也挺愿意为朋友付出的，但是她有一个最不好的毛病：喜欢乱发脾气，一不顺心逮谁冲谁，说话特别伤人。虽然过后她会道歉，但这种事后弥补的做法，一两次尚可，次数多了，谁都会介意。

我就是领教了L的这种脾气，莫名其妙当了几次出气筒，才慢慢疏远了她。虽然事后她跟我解释由于父母长年吵架，她生活在一个充满攻击的家庭里，所以脾气不好，很难控制自己的情绪，我也努力去理解她，但毕竟没有人喜欢当别人的出气筒，我嘴里说着没关系，心里却已经决定慢慢疏远她。

这件事也让我明白一个道理：控制情绪是一件多么重要的事，否则事后再道歉再补救，终究还是很伤感情。

在这样的历史下，我不知道与她该见还是不该见，只好先拖着。

L却很重视，一连打了好几个电话跟我确定时间，于是，我也不好意思再回避了，决定带她去吃海鲜。

初见到L时，我就有一种强烈的感觉：她变了，完全变了。

虽然几年不见，容貌的改变并不大，可是L给我的感觉完全不一样了。我看了她好一会儿，才明白这种感觉是怎么来的。

曾经的L眉尖眼底常常隐藏着不耐烦，不知道什么时候就会发作。她看人的眼神，我总感觉有点凶，即使她笑的时候，我都觉得下一刻她就会勃然大怒，她给人一种强烈的不稳定的感觉。

而现在的她，眉尖眼底的神色非常温柔，曾经的戾气几乎已经找不到踪迹了，眼神中含着浅浅的笑意，很有亲和力。

但我还是延续了以前的习惯，以前和L说话，总是很小心、尽量很柔和，也不太发表自己的意见，因为不知道什么时候，她会突然发起攻击。

见我如此，L突然叹了口气："我以前真的很令人讨厌是吧？其实我现在自己回想，都觉得过去我就是一个神经病，你们没直接骂我，真算修养好的了。"

L这么直白地提起，我反倒不好意思了。

她接着说："其实这次约你吃饭，也是想跟你道个歉，我以前对你们真的有点过分。"

我说："都过去了，你也没什么坏心眼。"

其实我挺惊讶L现在的态度，若换在以前，她是绝没有自省能力的，若有谁提点意见，她一定不会接受，并且会立刻反击，态度恶劣。

像是看出了我的疑惑，她开始跟我讲这些年来她的故事。

当初受不了她坏脾气的人不只我一个，L的另外两个朋友和男朋友都因为她的脾气纷纷离开了她。但，当时她并没有反省自己，而是认为我们大家都不是真心对她的，竟然因为她发一点点脾气就离开了。所以，她的脾气比原先更坏了。

这时候，她现在的老公出现了。那是一个非常宽容，脾气非常好，也很睿智的男人，他比我们任何人都包容L，迁就L。每天，他都告诉L：你是个好姑娘，你脾气不好是因为从小太缺爱了，你不知道该怎么跟身边的人相处，你害怕受伤，才会攻击性这么强。

这些话都说中了L的软肋，她渐渐把他当成自己的知己，有什么事都会告诉他，有什么不满都会跟他倾诉。

L的老公很耐心地开解她，站在她的立场去理解她，但他并非毫无原则地一味哄着L，他告诉L："其实那些离开你的人也没有错，你想啊，她们也是人生父母养的，又怎么会愿意一直受气呢？"

L的老公很智慧，没有一开始就对L的行为进行修正，而是在取得L的绝对信任后，才如春风化雨般让她慢慢明白自己行为的偏差。

他温厚、包容，让L慢慢爱上了这种相处的感觉时，才巧妙地让L明白，人都是喜欢和情绪稳定的人相处的。

在他的影响下，L慢慢试着改变自己。每当L有一点小小的进步时，他都会给L很大的鼓励。慢慢地，L的人际关系越来越好了，人也变得爱笑了，不再像以前那样因为一点点事就会大发雷霆了。

当L的脾气变得越来越好时，她发现做什么事都特别顺利，工作中很少碰到不顺心的事了，生活中似乎也没什么不满意的，以前觉得很多人讨厌，此刻重新看待时，发现大家其实都挺好的。她的心态越来越好，慢慢地对别人有了耐心和理解，也渐渐意识到自己以前很多地方做得不妥。当她渐渐地沉静下来时，身边很多人给她的评价越来越正面，喜欢和她相处的人多了起来，她终于不用天天和别人剑拔弩张的了，日子真心轻松起来。

L庆幸地告诉我："幸亏我老公帮我改变了原来的坏脾气，我真的觉得很幸运，能遇到他。我经常想，我如果嫁给另外一个男人，我的生活可能是一团糟，我自己也越来越糟。"

看着L幸福柔和的样子，我深深认同一句话：男人是女人的一所学校。

经常会有读者问我：感情中，到底是经营重要，还是选择重要？虽然我认为这两者都很重要，但心里始终更偏向于选择。若人都选错了，再努力经营，结果又如何？

我始终认为，一个成年人是很难改变的，他的观念、习惯、心胸，这些东西早已成型，能改变的空间已经不大。所以，把有限的精力投入到与一个不适合的人去磨合，最后结局未料，这真的值得吗？我曾经做过一个比喻，如果我们选一块上等的美玉，即使雕刻水平不怎么样，可是因为美玉本身就美，随便雕刻，看起来依然很美；而如果我们选了一块石头，即使请来了天下第一的雕刻师，最多也只能成为一件工艺品，其价值永远比不上随便雕刻的那块美玉。

所以，选择永远比经营重要，选对了人，你只要稍微注意一下双方的相处方式，就会发现爱情与婚姻轻松又美好，毕竟一个有正确选择能力的人，不可能傻到一点经营意识都没有吧？可若选错了人，任你再有经营水平，再懂两性相处的方式，也许会比不懂经营的人好一点点，可也相当有限，最重要的是一个错误的人会消耗你很多热情、精力、笑容，让你时常处于失落、焦虑、难过中。

对的人，才会和你共同成长，会主动来适应你，而不需要你天天挖空心思钻研如何经营，那样真的很累，效果还未可知。

真正美好的婚姻与爱情，首先肯定是选对了人，再加上双方的共同努力和珍惜才。

我始终认为：一段美满的爱情与婚姻，一定是轻松自在，妙趣横生的，不用天天费尽心思地取悦对方，不用时时刻刻地苦心经营，可以让彼此都彻底放松下来，做真实的自己，一起享受生活。

当你抬头时，他已经含笑立在那里；当你觉得微冷时，他已将衣裳披到你身上；当你累的时候，他会过来为你揉揉肩；当你委屈时，他会心疼地揽你入怀。

而这些默契，靠经营是不可得的，因为达不到这种境界，但若你选对了人，你选了一个真心爱你、待你的人，那么这一切，并不难，他会想你所想，爱你所爱，仔细呵护，你会觉得原来幸福是如此简单、轻松。

(46)
不要在朋友圈里"求赞"

南方进入4月后,时不时有阴雨雷雨天气,出行困难。这个周末却有难得的好天气,不冷不热,阳光明媚,我就抓紧时间去买新家的床上用品。

我逛了几家店,总觉得所卖的床上用品过于花哨。终于在一家店里看到一套比较满意的,但价格有点贵。店员极力向我推荐:"这个是我们今年的新品,虽然价格贵一些,但是盖着可舒服了。你摸摸看,是不是特别软?我们有三分之一的时间在床上度过,睡眠质量非常重要,用过这套床上用品后,其他的你就再也不想用了。"

我说先看一下,对方见我没有立刻购买的意思,赶紧再接再厅："这套我们现在在搞活动，特别划算，可以打6.8折。"

我在心里默默一算，还真划算呢，这套的手感确实值这个价。于是我说："好的，给我包起来。"

店员笑得非常亲切："呃，是这样的，享受6.8折，需要你添加一下我们的微信，然后发到朋友圈里，集满38个赞就可以了，省不少钱呢！"

我问她不发微信是多少钱，她说："那就只能享受95折的优惠。"我就说："好的，就按95折给我开单吧！"

店员态度很好，也很为我着想，又说："9.5折和6.8折差不少钱呢，你只要发个朋友圈就行了，38个赞很容易集到的，就是顺手的事，其他人都是这么干的。"

我笑着说："谢谢你的好意，我不参加这个活动了，你就按照9.5折给我包起来吧！"

对方一边给我包，一边为我惋惜："这样你就多花了不少钱呢！有钱也不能这样任性呀！"

我笑笑，就拎着东西出了门。

前几天，我和当当吃饭，她说有一家新开的店菜品味道很不错，于是，我们两个人杀到那里，刚坐下拿起菜单，服务员指指桌上的二维码对我们说："两位美女，扫一扫这个二维码发到朋友圈里集18个赞，每人可以赠送一份冰激凌。"

我和当当同时说不用了，对方不死心："我们赠送的冰激凌很好的，只要发个朋友圈就可以了。如果不想要赠送的冰激凌，也可以直接抵在菜金里。"

我们再一次坚持说"不用了，正常点菜就好"，服务员这才拿着菜单走了。

我经常会在朋友圈里看见各种求赞的消息，大多都是集多少赞可以获得某某优惠，也会收到各种求点赞的消息，有时候一天会有十几条。我倒不是特有爱心，人人都点一下；也不是无比痛恨求赞党，一个都不点的人，大多都视关系远近或者自己有否在忙，关系近的，或者正好有空时，也会顺手点上一赞。

我们每个人，有贫有富，习惯、观念都有很大的差异，对于诱惑的承受能力也大不相同。所以，希望以更低的价钱得到自己想要的东西，希望以最少的钱把日子过好，完全是人之常情，无可指责，也无可厚非。

但我还是想谈谈这种集赞活动，从我使用微信到现在，遇到过无数大大小小的集赞活动，从来没有参加过一次。凭心而论，每次遇到这样的活动，有的优惠几十元，有的相差几千元，我也会迅速在心里盘算一下，偶尔也会小小地心动一下，但我知道，最后我肯定不会参加。

这和钱无关，不是因为我有钱，也不是因为我清高。而是，我心里有一个成本核算，但凡这样做了，所得到的和所失去的，完全不成正比。

首先，现在这种集赞活动几乎满天飞，有的商家甚至用假消息来吸引人。于是，我们经常会看见某人辛苦集赞后，没多久又发一条动态："不好意思，各位，已经证实刚才那条为假消息，给大家带来麻烦，十分抱歉。"

所以，几乎大多数人都已经非常讨厌这种推广手法。而你若在全民厌恶的情况下，再发求赞信息，无疑是对朋友圈情分的一次透支与稀释，所得到的优惠远远抵不过你失去的情分。一次两次还好，若是次数多了，估计谁都对你没好感了。即使是平时关系比较好或者比较亲近的人，次数多了，照样会烦。

其次，得不偿失。我们活在这个世界上，永远都需要别人帮忙，也避免不了去帮助别人，如此才会形成一个有人情味的社会。但人情这个东西虽免费，却稀缺。对于很多人而言，求赞得来的那点优惠，自己完全承担得起，但却消耗掉大量人情。如果一个人在一些可有可无的事情上，用掉太多人情，当她真的需要别人的帮助时，大多都会被拒绝，因为早早透支完的人情，已经没剩下什么了。

人情这种宝贵资源，需要用在真正值得的事情上，才能发挥出最大的价值，用在求赞这些事上，实在太得不偿失了。我们不需要做一个从不麻烦别人的人,但我们应该为做一件值得的事再去麻烦别人。

当然,若只是静静地发在朋友圈里,让人自愿点又另当别论,但千万别一个个去私下骚扰。

再次,这是一种不尊重别人的行为。很多人认为,求赞根本不费你什么事啊,你只要顺手点一下不就行了吗?你有时间拒绝,都已经可以点十几次了,为什么不有爱心一点,顺手帮下忙呢?说实话,点赞真的不费什么力气,打开朋友圈,顺手一点,5秒钟都不需要。但,事实是什么呢?

前天晚上,一位朋友跟我吐槽说,她晚上正在加班做一个项目书,结果有三位朋友请她去朋友圈点赞、砍价,第一个她还点了一下,后面就火大了,思路几次被打断,难以接上。她说:"要是真有什么重要的事找我帮忙,我绝对义不容辞啊,可你知道他们找我是为了什么吗?帮忙点个赞,就为了省十块八块钱。我真想跟对方说:'你别求赞了,这点钱我给你好不好?'"

对于这一点,我真的太深有同感了——有时候正在灵感迸发,拼命敲击键盘时,手机就响了,结果打开一看,却是"朋友圈第一条,帮我点个赞,谢谢!"

一般这个时刻,我从来不理会这样的消息。我宁愿别人是有更重要的事情找我帮忙,这样我会觉得自己的时间更有价值,也更乐意帮。

可能会有人不爽，说："害怕被打扰，你就静音啊！"但是，我们每个人开着手机是随时准备接收重要消息，连接各种情感，处理各种重要事宜的，而不是为了等着别人发求赞消息的。

正因为我自己厌烦各种求赞消息，所以我从不发这类消息，将心比心，己所不欲，勿施于人。

经常有人问我，怎样才能提高情商，怎样才能做个情商高的人？

其实，情商高真没这么玄乎，只要在生活中经常换位思考、将心比心，情商自然而然就会高。所谓情商低，不过是缺乏同理心而已。

做一件事之前，先问问自己：如果别人这样做，我会觉得高兴还是讨厌？说一句话之前，问问自己：如果别人这样跟自己说话，我是舒服还是抵触？

有人会说，这样多累啊！不，当你习惯用换位思考来解决问题时，这将成为你最本能的反应，所有的过程可能不到一秒钟。当它成为你的本能后，你绝对不会感觉到累。相反，人际关系顺遂如意时，你会觉得一切都变得好轻松。

(47)
欠什么，都不要欠人情

我大学毕业后第一份工作的地点离家有点远，公司提供宿舍。女孩子东西多，我足足收拾出了两箱衣物，和一堆在我妈眼里属于乱七八糟的东西。

运这么多东西，自然需要车。那时我家家境普通，没有私家车，我想叫出租车，我妈想也不想地说："叫什么出租车，我去问问隔壁你童源哥哥有没有空，让他送你一下。打的要一百来块钱呢，还没赚钱就这么不知道节省。"

小县城里向来秉承人情互助的风俗，我有需要你帮我一把，你有需要我帮你一把，大家一贯信奉远亲不如近邻的原则，总觉得这样住着才有安全感。如果有哪一家不是这样做的，人们便认为对方为人孤僻、不合群。

所以，我妈有着这样的想法，一点也不奇怪。但我生来似乎就和小县城格格不入，我不喜欢麻烦别人。所以，我不顾我妈反对，坚持叫了一辆出租车，把这些家当搬到了公司宿舍。我妈念叨了我一路，认为我的性格太孤僻，不懂得利用各种资源，简直就是一个傻缺。

我默默不吭声，知道三观不同，无法强求。

我妈继续奉行着她相互麻烦的生活理念，我则坚持着独善其身的原则，倒也相安无事。

几年后，家里买了车，别人也会来麻烦一下她。她性格和我不一样，从不觉得这是一种麻烦，认为别人来找你帮忙，那是看得起你，是跟你关系好。她乐意，我自然不会说什么，反正她觉得舒服就好。

但是，就在前几天，她打电话给我，无比委屈，夹杂着气愤。

大概在一个星期前，隔壁童叔叔家的孙子晚上突然呕吐发烧，他们的儿子媳妇都不在家，就打电话给我妈，希望能送他们去一下医院。我妈二话不说，连忙叫起来我爸，把童叔叔家的孙子送到医院。

这本来是一件好事，就算是陌生人，遇到这样的事，出于人道主义精神，也应该帮忙一下。但中间发生了一个插曲，孩子在医院挂完水已经晚上凌晨两点多了，一行人又困又累，我爸开车回来时，路上有一块石头没有看到，就这么开了过去，车子剧烈颠簸了一下,孩子的头撞到了旁边的玻璃窗上,立刻哇哇大哭。孩子的爷爷奶奶心疼得要死,我父母也觉得很不好意思,但因为纯粹义务帮忙,又不是故意的。当时他们都说没事没事,我爸妈以为事情就这样过去了。

但是前两天,我妈无意中听到童叔叔一家对别人说:孩子头上撞了好大一个包,看着就心疼,唉,早知道当时就应该叫出租车。某某开车太不小心了,以后还是算了。

我妈在电话里激动地说:"我们是故意的吗?大半夜的不睡觉送他们去医院还落埋怨,我们招谁惹谁了啊?没有功劳也有苦劳啊!认识这么多年,第一次发现他们这么不讲道理,以后别来往了。"

这事在彼此心里有了芥蒂,两家的关系大不如前,估计也很难再恢复。这样的事,在小县城里从不鲜见。

从小这些事见多了,让我学会了如何规避这种人情往来中的风险,也让我明白:欠什么,都不要欠人情。

因为欠任何其他东西,你都可以等价偿还,唯有人情,一旦欠下,很可能终身都还不清。

我有位同学结婚买房,以他的能力付首付没有问题。但按揭需要付二十几万利息,他想来想去很肉疼这些利息,就决定向亲戚朋友借钱,全款买下房子,这样就不用支付利息了。

确实,亲戚朋友都没有问他要利息,此举省下了20多万利息。

几年后,他开始做生意,做得风生水起,很快积累了不菲的身家。然而，麻烦也随之而来，曾经借钱给他的亲戚们，一旦有事，第一个想到的就是他。他有自知之明，知道自己曾经受过恩惠，理当回报，对于亲戚们的要求，也尽量满足。

但是，没过多久，他就觉得吃不消了——亲戚太多，不是今天这个有需要，就是明天那个有需要，老婆的脸色越来越难看。他有苦说不出，一旦拒绝，就是忘恩负义，整个家族的唾沫就够他受的。更令他悔不当初的是，有些亲戚倒不找他借钱，而是要求他办事，不是为这个表弟找份工作，就是给那个表妹介绍个去处，于是，他欠下了更多人情。

老婆埋怨他："当初自己按揭好好的，你非得去找人借钱，这下好了吧，我们搭进去的钱和人情，都快上百万了，而且，还看不到头。看他们的架势，要么我们落魄，要么我们死了，否则就没完没了了。"

他无言以对，暗自悔恨。

同学聚会时，他无比沉痛地对我们说："这世上最傻逼的一种行为就是，明明自己花钱可以解决的事，偏要去找亲戚朋友，然后欠的人情一辈子都还不清。"

生活中，很多人做事都喜欢找人帮忙。要搬家了，明明有专业的搬家公司，还是习惯去找那些亲戚朋友帮忙，只为省下那点搬家费；要去哪里，明明一辆出租车就可以搞定，非得让谁接谁送，只为省下那点路费；要买房子，明明银行大门永远开着，还是习惯找别人去借，只为省下那点利息。

很多人都喜欢"免费"的东西，一听说要花钱，就心疼肉疼，总想着不花钱就把事给办了。其实，从本质上而言，这就是一种贪小便宜心理。众所周知，吃大亏的，往往就是贪小便宜的人。

你所占到的便宜，往往会在未来让你失去更多。你所有得到的东西，都需要你付出相应的代价，而钱实际上是最小的代价。

我妈曾经好多次跟我说，叫我别请阿姨，反正她没事做来给我打扫就可以了，而且她不要一分钱。我很坚决地拒绝了，宁愿每个月多花几千块钱，也不愿意我妈来照顾我。

阿姨虽然每个月要付工资，但我们是雇佣关系，我提出要求，她完成工作，她尊重我的生活和自由，我尊重她的人格和劳动。所以，对此，无论是我，还是我先生，我们心里都很坦然。

但我妈过来帮忙，表面上看我是省下了几千块钱，但事实上我要付出的东西更多。这个世界上，没有任何人是光履行义务，不享受权利的，当我妈无偿为我提供服务时，她就有了资本对我的生活进行干涉，并且因为她不收钱，无论她干得好不好，我都要心怀感激，而不能有任何挑剔，否则就是不孝。而我和阿姨之间，绝对不会涉及孝不孝这种问题，她也不会来干涉我的任何决定。

当一件事可以用钱解决时，用钱解决就是最好的选择。从另一角度而言，用钱解决更快捷、更专业、更有保障，更无后顾之忧。

几年前，我碰到一位读者求助，她说失恋后感觉有忧郁症了，让我帮帮她。我知道忧郁症，但对这个病并不十分了解，于是我介绍了一位专业的心理医生给她。但她一听咨询一小时要150块钱，立刻很不高兴。在她的观念里，明明向我咨询不需要花钱，现在居然一小时要花150元的咨询费，这个钱花得太冤枉了。

但事实上，这一领域根本不是我擅长，即使我愿意提供无偿咨询，我的咨询估计和专业的心理医生也是无法相比的，无论是耐心、专业性都会打折很多，甚至会延误她的病情。所以，这是得不偿失的事。

一个希望生活得轻松简单的人，必须树立有偿消费的观念。诚然，在过去的社会里，很多服务不甚完善，经济状况不佳，我们会更需要相互帮忙。但是时代在进步，社会体系在日益完善，很多事情都已细分出专业的领域，每个领域都有专业的人将它做到极致，我们无须再像过去那样处处找人帮忙。在自我意识日渐苏醒的时代，我们首先应该学会自己解决，当遇到实在无法解决的事，再去找人帮忙，我相信别人会更愿意伸出援手。

所以，当务之急，你只需要做一件事，那就是好好赚钱！

(48)
感情中，最伤人的态度是这种

朋友小A哭天抹泪地来找我，说这下完了，男朋友死活要跟她分手，已经两天没接她电话了。我以为这家伙又遇到渣男了，因为她上一个男朋友就无比渣。

但当我听完所有经过，我突然想起一句很流行的话：不作死，就不会死。

小A的男朋友要跟她分手的原因不复杂，因为小A背着他去见了前男友，而且居然借给对方一万块钱。这事搁谁身上都能气个半死，男朋友盛怒之下要分手，也可以理解。

我看着眼前哭花了脸的小A，有点恨铁不成钢，忍耐了好久才没把"活该"两个字说出口，问她："你能告诉我，你为什么要去见你那个垃圾前男友吗？你有什么非见不可的理由吗？"

小A抽抽噎噎地说:"我也不知道啊。他一直找我,说最近工作丢了,朋友借的钱也不还给他,他妈妈又生病了,我一时心软,毕竟他是我的初恋嘛,我看他这么落魄,我就……"

我几乎想破口大骂:"你们已经分手了,而且分手的理由是他劈腿,他还吞了你几万块钱,他工作丢了,那是他自己的事。当你们分手的那一刻,他的一切都跟你没关系了。他妈妈生病,他家没有其他亲戚朋友了吗,非要找已经分手一年多的前女友借钱?如果他所有亲戚朋友都不肯帮他,那就更加说明他的人品有问题。"

小A讷讷地说:"你说得有道理,你骂我打我,我都没怨言,但你一定要帮我啊!"

据小A说,自从她把钱借给前男友后,对方就不时地给她打电话发消息,然后,就被男朋友知道了。

我问她:"你对前男友还有没有感情?"小A指天誓日地保证早就没有感情,只是看他可怜而已,说完她又对男朋友的反应表示不满,认为他太小题大做了。

我白了她一眼,反问她:"如果对方去见了前女友,并且还给她钱,你会觉得这是小事一桩吗?你会不会认为对方余情未了?"

小A想了一会儿,总算回过味来,问我对方还会不会原谅她?我说:"如果你能正视这个问题,并且改掉优柔寡断的毛病,也许还有机会。但如果你还是继续当断不断,就算这次不分,迟早也还是得分手。"

小A点点头,表示知道了。我看着她远去的背影,忍不住叹了一口气。

我的平台里咨询者以姑娘居多,但前几天有位小伙子在后台给我留言,说他遇到情感问题了。

小伙子研究生毕业时已经27岁了,家在小地方,一般那里的人25岁左右就结婚了,所以父母很着急他的婚姻,就在当地给他找了个本地姑娘。姑娘本分善良,是父母眼中的好儿媳人选,他并不讨厌姑娘,但也谈不上喜欢,可是不想父母着急上火,就不冷不热地交往着。

由于学历不低,后来他有了去省会城市工作的机会。并且,他在那里遇到了真正心仪的姑娘,令他一见倾心,很想娶对方为妻。

于是,他很为难。他觉得父母介绍的那位姑娘虽然并不是他真正喜欢的,可是对方生性善良,又是父母非常喜欢的,如果开口拒绝,会伤了姑娘的心,也会令父母难过,问我该怎么办才能令每个人都满意。

我只回复了一句:世间安得双全法,不负如来不负卿?

有时候,我实在挺不理解这些人的,看起来似乎挺善良,但是随便想也能想到接下来的故事走向:因为害怕本地姑娘伤心,所以迟迟不开口,本地姑娘不知道对方另有所爱,一直奔着结婚与他交往，然后越陷越深。

而这小伙子周旋在两个女人之间，只要对方不傻，很快就会发现蛛丝马迹。先不提本地姑娘，因为小伙子本来对她就不是很热情，所以差别不大。但他心仪的姑娘不同，只要她不是太迟钝，很快就会感觉到对方有事瞒着自己。毕竟一个有秘密的人表现出来的状态，和一个内心坦荡的人是完全不一样的。

当她知道时会是什么样的反应，完全视对方的性格而定，但肯定不会感觉很愉快，也许她会觉得对方存心欺骗，也许觉得对方想坐享齐人之福。

优柔寡断的人最有可能采取的一种方式是：赶紧表明心迹，我只爱你一个，我根本不爱她，我会跟她说清楚的。

好吧！对方相信了他，但是他什么时候会说清楚，还真的不好说。等拖到最后，大概是一方被拖到不耐烦而远离，一方终于知道真相而伤心，对于当事人而言，就是场面早已失控。

但是，他很委屈很无辜：我只是不想伤害任何人啊，难道这也有错吗？

我的朋友X曾经是个优柔寡断的男人，在老妈与老婆矛盾激烈时，一直采取鸵鸟政策，不肯面对这个问题，最终导致了离婚。

时隔两年，他再婚了，前妻很是不忿，经常以孩子的名义找他要钱要物，不断打扰他的新生活，因为前妻太了解他优柔寡断的性格了。

但是这一次,他就跟换了一个人似的,当前妻提出非分的经济要求时,他果断拒绝,他说:"离婚时我把两套住房都给了你,所有存款都留给了你和孩子,每年还付给你20万的抚养费,以后凡是要求多给钱的要求你就免开尊口,因为我绝不可能答应你的。"

前妻暴跳如雷,对他破口大骂,他完全无视。最后,前妻累了,也懒得再纠缠他。一年后,她也再婚了,过上了平静的日子。

我们都问他,怎么突然变了个人啊?他感叹地说:"以前就是太优柔寡断,才把生活搞得乌七八糟,这一次我要是再不干脆果断,我的生活又会回到过去。以前我总想着谁也不伤害,结果谁都伤害了,总想着把问题拖过去,结果问题越来越大。"

这世上最伤人的,不是冷酷拒绝,也不是一渣到底,而是模棱两可、优柔寡断,它能生生把一个人逼疯。优柔寡断的人,从不会狠心拒绝一个人,但他对所有人都这样,如果身边的人受不了,逼他作出选择,他还会怪对方不理解他,不包容他,一脸的苦衷和无辜。

他们自有一套价值体系:觉得不做出选择,不表明态度,那就谁也不伤害,看我多善良,多有情有义啊!

但实际上这背后的真相是:这些人比谁都无能,比谁都懦弱,比谁都贪心,比谁都幼稚。

一个人在一件事上,不知道如何表明自己的立场和选择,不具备解决问题的能力,这是无能;不敢作出自己的选择,生怕得罪哪一方,这是懦弱,而这些表现背后的真实原因是他们的贪心和幼稚。表明上看起来他不忍心伤害任何一个人,实际上他想要的局面就是人人都觉得他有情有义,他不能接受任何一方对他不满,所以采用"拖"字诀,希望时间能让他希望的皆大欢喜的局面出现,但最后往往把小问题拖成大问题,不可谓不幼稚。

我很想告诉这些优柔寡断的人:真正的有情有义,不是隐瞒真相,也不是无限期地拖延,而是勇敢面对,积极解决。给自己一个坦坦荡荡,给对方一个真实答案,守好自己一心追求的幸福,放开自己不想负担的人,给对方一个重新追寻幸福的可能,远比一拖再拖,避重就轻来得令人尊敬。

我还想告诉这些人:当你面对问题时,勇敢面对,积极解决的结果一定比拖泥带水、当断不断的结果要圆满很多。在问题初现时,不去回避,而是正视它,这时候解决要付出的代价,远远比问题恶化、扩大时要付出的代价小得多得多。

如果你不肯付出小小的代价,那么最终你一定会付出重重的代价。

(49)
这世上，有一种人永远不会被感激

几年前的一个春天，我和当当报了一个团，去温州雁荡山游玩。我们的团不大不小，25人，以家人和朋友为主。

途经一处山泉时，导游对我们说，这里的水质是整个雁荡山最好的，可以直接当矿泉水饮用，如果拿来洗脸的话，那就是最好的化妆品。

于是，我们二话不说就把瓶子里的水倒掉，下去灌水了。下去灌水必须把鞋子袜子脱掉，以免弄湿，其中一位男士嫌麻烦没脱，当他灌好水上来时，鞋子和袜子都不同程度地湿了。

回到酒店，他很自然地对他老婆说："等下把我的袜子洗洗。"

他老婆不高兴地说："都说了要脱了再下去，就你不听，现在弄湿了却要我洗，你以为出来很轻松吗？一天下来走这么多路，谁不累啊？……"

他老婆吧啦吧啦抱怨了很多，他一听赶紧说："行了行了，我自己洗还不成吗？"

但他老婆抱怨完又说："拿来，我又没说不给你洗。"

男人说："算了算了，我自己洗。"

女人不乐意了："你这人真是的，要给你洗你又矫情了。"

当当指着那女人偷偷跟我说："唉，嘴巴不好真要命，事情没少做，却不落好，就是坏在嘴巴上。可以不做，但也别说，又做又说，等于白做。"

我想起了一位亲戚，人挺能干，做事也麻利，以付出的角度而言，也算得上贤惠，起码她对老公孩子的付出，绝对不会输给别人。

但她老公和孩子对她的不满，几乎到了极点。我们曾去过她家，亲眼目睹她是如何把自己的所有付出抹杀的。

那是上午，她儿子刚刚起床走到卫生间去洗脸，她隔了十分钟进去，然后我就听到了这样的对话。

她说："洗完脸就这样把毛巾扔在池子里吗？你都多大了，我前世肯定造了什么孽，老天派你来收拾我。"

她儿子反击道："以前我每次都挂好的啊，但你不是嫌我拧太干就是太湿，怎么做都是错，那我干脆就扔着吧！"

然后她开始喋喋不休地念,足足念了十几分钟,听得我都有点不耐烦了。

她儿子受不了了,大声说:"你别烦了,我重新拧。"

她却夺过毛巾,自己拧干挂好,一边走一边说:"你要是干得好,我会说你吗?早饭已经做好了,赶紧去吃吧!"

她儿子白了她一眼,转身走进房间,把门甩上,她又念叨了好久。

到了中午,她留大家一起吃中饭,做了满满一桌子菜,本来是件很美好的事。

但她整顿饭都在说:"还有谁比我更苦命的吗?每天要上班,回家要做家务,谁也不给我搭把手,这一大一小就是老爷和少爷,我天天忙完还得伺候他们,没人心疼我,没人可怜我。"

她老公听不下去,辩解说:"怎么没人心疼你了?每次都帮你一起做家务,但哪次不是被你数落一顿?我早就说了,如果你不想干,你可以不干,但别天天都数落个没完。"

她一听老公竟敢争辩,立刻眼珠一瞪:"你好意思说?你说你干的那叫家务吗?还不够给我帮倒忙的呢!"

那一顿饭,我们真是吃得消化不良。她的生活基本上就是为老公和儿子服务,然后再抱怨老公和儿子让自己这么累。

这么多年下来,老公和儿子对她厌烦到了极点,对她丝毫没有感激心态,有的只是满满的厌烦,连话都不愿意跟她多说。这一点又是新的令她不满的地方，她的生活几乎形成了一个恶性循环。

有时候，我也会说："既然你干得这么不情不愿，那干脆就不要干了。"

她会立刻呛回来："你说得轻巧，怎么不干？我不干谁干？"

于是，我也不说了，心里暗想：你老公儿子这么对你，其实也不难理解。

几年前，我接触过一位女读者，她也有着类似的问题。她说每天从早到晚都是伺候老公与孩子，但没有一个人感激自己，好像她所有的付出都是天经地义的。

一开始，我以为她老公与孩子特别不懂感恩。但随着深入沟通下去，我才知道事实并非如此，而是她在付出的过程中，用语言把自己所有的付出全部抹杀了。

所以，我劝她说："反正做也做了，何必再去说这些堵心的话呢？我想如果你不说这些话，也许他们也会跟着改变。"

她完全听不进去，很激动地说："我每天任劳任怨，累得跟头牛一样，难道我连说的资格都没有了吗？我不但要做，还要哄着他们啊？天下没有这种道理。"

我又试着劝她，但她相当固执，认为应该是老公与孩子先改变对她的态度，她的语气才可能好转。于是，我叹了口气，不再勉强。

我们身边有一种女人：她们活没少干，心肠都很善良，在人际关系中，一直扮演着付出的角色，可是她们的好很少被人记住，甚至被身边的人厌弃。原因无他，就坏在嘴上。

并且她们相当固执，认为自己付出了那么多，难道还不能抱怨一下吗？很少能听进别人的劝，固执地活在自己的思维中，付出得越多，抱怨得越多，被嫌弃得也越多。

她们委屈，她们愤怒，她们期望被人肯定和赞美，却以完全背道而驰的方法表达着自己的需求。所以，身边的人一个个离她们越来越远，不愿意和她们交谈，不愿意和她们沟通，甚至不愿意听她们说话。于是，她们更加委屈愤怒，渐渐地把自己活成一个满腹怨气的刺猬。

曾经，我妈也有这个毛病。每次我回家有换下的衣服，我妈都是一边洗，一边开始唠叨："你都这么大人了，衣服还要我来洗，我要伺候你到什么时候啊？以后你结婚了，难道我也跟过去给你洗衣服吗？"

每次听到这样的话，我都会很烦躁，连忙求饶地说："你先放着，我自己洗，只求你别念。"

但她绝对不肯放着的，一定要洗。有一次，她重复同样的话时，我问她："妈，你到底想表达什么呢？如果你不愿意洗，那就放着；如果你愿意洗，那为什么一定要这样说？"

她愣了一下，回答我说："说习惯了。"

我很认真地说:"你就算不做,我已成年,没人会怪你。但你又做又说,我们听到的就是你的不情愿。你嫌弃我们的存在,然后我们只记得你的抱怨和嫌弃,不会记得你的付出。又做又说的人最傻。"

这番话对我妈触动很大,她渐渐改变了这个毛病,偶尔她老毛病要犯的时候,我会挑挑眉毛提醒她:"你又忘啦?"

后来,年岁渐长,我渐渐明白她们的心理了,但凡天天表达自己劳累的人,内心都不自信,希望借此表明自己做事很累,希望别人记得自己的付出,于是,就用了这种最笨的办法去表达。

可是听在对方耳中,第一反应就是:她不喜欢做这些,她讨厌我的事,我害得她怨气冲天。于是,对方会陷入烦躁与自责中,语气和态度自然不可能好。

而做的人接受到这一信号的第一反应是:我这么任劳任怨地伺候你,说几句都不行?你太没良心了!为了提醒对方的良心,她就会加强密度地说,终于形成一个恶性循环。

很多姑娘都委屈地跟我倾诉,付出了那么多,却没一个人记得自己的好。当然,会出现这种情况的原因是多方面的。可是我们也可以对照一下自己的行为,看有没有这个毛病。如果有,那就要赶紧改掉。

因为它不会使你收获任何你想要的东西,只会抹杀你所有的付出。

(50)
永远不要与人性为敌

这些年来,我听过太多故事,也帮很多人分析过问题,尤其是情感问题,只要对方大致把事情一讲,我就能非常准确地判断出事情的走向与结局。曾经,我以为自己真的特别厉害,所以能够精准地预测别人的行为。

但这几年来,我一直在总结和反思,突然发现所有问题的发展与走向,根本不是我预测出来的,很大程度上就是由对方的人性来决定的。而我之所以能够一语中的,是因为我从不与人性为敌。而那么多向我咨询的人,之所以屡屡被骗,并不是因为她们不听我的话,而是因为她们与人性为敌,不愿意相信真实的人性,只愿意相信自己的想象。

在这一点上,我的舅舅舅妈最具有代表性。

就在昨天,我的一个弟弟跑来告诉我,说我舅舅舅妈想让儿子来跟我和先生发展。我感到匪夷所思,说:"不可能吧!"

我之所以有这种反应,是因为这个表哥目前欠了几百万赌债,被高利贷追债,在外跑路一年多了。而他在跑路之前,把身边能骗的亲戚朋友全部都骗了一遍,带着几十万走的。并且,他在跑路过程中,并没有切断与家里的联系,一直在问家里要钱,以供他在外面潇洒。而在这之前,他已经六七次欺骗过亲戚朋友。

所以,我当时的反应是,弟弟是来逗我的。

但是,当天我舅舅舅妈就来跟我说这件事,说:"这次他是真心悔改了,帮帮他吧!"我说:"你们怎么确定这次他就是真心悔改了呢?如果我没记错的话,他这已经是第六次真心悔改了吧?"

但这些话他们是自动忽略的,坚持相信自己的宝贝儿子这一次打算改邪归正了,而且说他在外面过得那么苦,都是亲戚,给他一次机会吧。我什么都没说,默默打开手机微信,请他们看一看最近这些天,他们的宝贝疙瘩是怎么过的。(我不只一个微信,并且很早就设置了不让他看我的朋友圈,他的朋友圈把亲戚朋友都屏蔽了，唯独漏了我其中一个微信。）

动态里赫然显示了这些日子的行程：今天去看桃花了，昨天在酒吧玩到深夜，前天去看樱花了，大前天穿着名牌衣服在海边玩。

在事实面前，舅舅舅妈从惊愕到破口大骂，最后灰溜溜地走了，说以后永远不会再相信他的鬼话了。但我知道，下一次，他们还是会继续信的。因为，他们一直在与人性为敌。

前段时间，我帮忙还分析过一个情感故事。

一位姑娘出身不错，嫁给了一个穷小子，起初对方对她很是珍视，不久两人就有了孩子，但婚后，对方本性渐露，不但吃喝挥霍，还对她进行家暴，而她为了孩子一直忍着。可是没过多久，对方就在外面有了其他女人，逼她离婚，甚至转移财产，直接起诉离婚。

但是离婚不到半年，对方就回来找她求和了，说跟外面的女人都是逢场作戏，老婆还是原配好，以后一定会努力做一个好老公好爸爸，弥补这些年对她们的亏欠。他还下跪道歉，说只要她给他机会，他一定会重新做人。

姑娘内心很想原谅她，跑来问我的意见。我给的意见是：我并不觉得对方是真心改过，也许是另有目的。如果你实在想原谅他，那就先观望一段时间。如果对方真的决心改过，再考虑和好的事。

姑娘问我，为什么认为对方不是真心改过？我说因为他把顺序颠倒了，他应该先有改过的行为，再来求得你原谅，而不是要你先原谅，他才改过。难道你不原谅他，他就不决定做一个好人了吗？

但，姑娘最终还是在最短的时间里原谅了他。一开始对方确实表现得不错，每天对她嘘寒问暖、关怀备至，一个星期后姑娘还特地跑来告诉我说："他真的已经改了，对我比以前还好，其实我觉得你把人看得太坏了。"

可是前几天，姑娘哭着来找我，说她又一次被他骗了。对方说要买车，打算拉客，帮家里多赚点钱。姑娘一听，这是好事啊，就把存款全部取了出来，又问小姐妹借了一些钱，把车子给他买了。而更糟糕的是，在对方的甜言蜜语下，车主的名字是对方。最终，得到车子后，对方又一次扬长而去。

我并不认为我比这位姑娘高明，只是作为旁观者，能看清一些人性上的本质，并且愿意面对真实的人性。

和很多受伤的姑娘聊天时，我发现大多数人并不是真的糊涂，什么都看不清楚，其实作为当事人，她们比谁都清楚对方是什么样的人。但她们的内心总有一个声音在呐喊：也许他这一次真的改了呢？

但这样的希望最后总是被打得七零八落,不是别人没有祝福她,也不是她的运气不好,而是因为她与人性为敌。

人性这东西,有几个特征大家一定要知道。

首先:人性是个中性的东西,不是所有人性都是善的,也不是所有人性都是恶的。

很多人总是极端地看待人性,认为人性本恶。可是,你会发现,这个世界上就是存在着善良无比、舍己为人、大公无私的人,在他们身上,你几乎看不到人性中一点点恶。把人性看得太恶的人,容易错失生命中的美好与贵人。

但还有很多人认为人性本善,总认为这世界上全是好人,即使有恶人,那也是对方一时走错了路。于是,在生活中,他们总会遇到把他们骗得团团转,伤害到体无完肤的人。但即使这样,他们依然相信对方下一次一定不会欺骗自己了,不断给对方机会继续伤害自己。

其次:人性是不固定的,并不是说一个人是恶的,他就永远是恶的;是善的他就永远不会做坏事,更多时候,人性总是随着环境在不断改变。

喜欢看电视剧的人都知道,尤其是宫廷剧,很多人物一开始出现时,天真可爱,善良无比,然后经历过一些事,或者只是因为嫉妒,就变得无恶不作;而有些人一出场,属于人神共愤的角色，但随着剧情的推进，遭遇过一系列的事情，却在某一个节点弃恶从善。

人性的这一个特征，正是最考验人的地方，也是令很多人频频受伤的原因。当一个人已经弃善从恶，你不愿意相信，就会被打入十八层地狱；当一个人已经改邪归正，你不愿意相信，会把对方打入十八层地狱。

再次：人性往往善恶交织。

生活中，很少有人是纯粹的善良或恶毒，每个人在不同的事件中，也许会表现出截然不同的一面。

曾经有报道称，一位在医院做清洁工的女工多年不孕，特别渴望孩子。她在打扫时，看见一个出生没几天的孩子玉雪可爱，终于忍不住把孩子抱了回来，据为己有。但之后她一直受良心谴责，终于归还孩子。

还有一个著名的事件，就是《神雕侠侣》中的女魔头李莫愁救了当时还是婴儿的郭襄。她一生杀人无数，令人闻风丧胆。有一次，她掳走了黄蓉的小女儿郭襄，当时所有人都觉得这小女娃小命休矣。但李莫愁不但没有伤害她，甚至为了救她愿意把命都搭上。

可是，她并没有改邪归正，此次事件过后，依然杀人如麻。

所以，一个好人，不代表一生之中做的每一件事都是好事；同样，一个坏人，也有可能扶老奶奶过马路，带孩子找父母，一点都不奇怪。

最后：人性没那么深奥，总是有迹可寻的。

很多人都觉得人性是个高深莫测的东西，因为它太变化多端了。经常有一些姑娘问我怎样选择伴侣，其实很简单，不要与人性为敌即可。判断对方是否潜力股，有时候真不好说，因为谁都不知道另一个人未来会有怎样的机遇。但人性不同，对方所做的每一件事，都与他的性情、观念密不可分，只要细心留意，并且客观公正地判断，并不难看出对方是个什么样的人。

但这有一个前提——时间，时间会将一切好的坏的如实呈现。而有些人认识不到一个星期就登记结婚了，这样的情况，完全是凭运气押宝。要在这么这么短的时间看清楚一个人的性情，要么对方毫不掩饰，要么你识人的水平炉火纯青，否则何谈了解？

另外，人性虽然一直都在变化着，但它的变化是个缓慢的过程。没有一个好人一夜之间就变得十恶不赦，也没有一个坏人，莫名其妙就变得很好，这中间总会经历很多心理活动，只看你有没有仔细留意了。

经常听到来求助的姑娘说：他以前不是这样的，现在突然变得冷酷至极。

我是不相信这种说法的，会出现这种情况，只有两种可能：第一，他本来就是这样，只是从前掩饰了而已；第二，他早就在变化了，只是你没有感觉到，或者感觉到了却没当一回事而已。

那些频频受伤的人，并不是运气不好，也不是对方太坏，而是因为她们始终在与真实的人性对抗。

一个男人伤害过你，而你轻易原谅，没让对方付出任何代价，那么，他很可能会继续伤害你。因为他明知道会伤害你，还是选择做了，起码说明两点：一、你在他心里的分量很有限；二、他的人品有问题。而你不肯相信与面对这两点，就是与人性为敌。

如果一个孩子已经表现出白眼狼的潜质，你伤心归伤心，却总相信自己的孩子本性是善良的，那么，他很有可能会比你所能想到的更坏。

永远不要与人性为敌，那么你就可以少吃很多苦，少受很多伤，少走很多弯路。

后记

每次写到"全书完"这三个字，心里都会有种莫名其妙的失落感，那感觉就跟和至亲至爱的人离别一样。这种感性和这本书的理性和清醒完全不同，所以每个人都是复杂而多面的。

这本书一共收录了50篇文章，大多取自生活，算是一点心得和感悟吧，如果能让大家有点收获，那便是我最高兴的事。

我经常收到很多读者的留言，他们感谢我的文章使自己得到启发和收获，但其实我更想感谢大家，如果没有你们的支持和喜欢，也许我不会这样一直写，从2010年一直写到现在，成为我生活中不可或缺的一部分，我想这辈子我可能会一直写下去，因为我实在太喜欢写了。

　　不管是生活中还是网上，我遇到过太多不幸福的姑娘，我一直觉得不应该是这样的，我们好不容易来到这个世上，怎么可以让自己过如此不幸福的生活呢？我希望每一位姑娘都对自己说："我是一个好姑娘，我值得更好的人生、更好的伴侣来匹配我。"我更希望每一位姑娘有这样的觉悟："我能够找到什么样的人取决于我自己是什么样的人，为了能够配得起更好的人生，我会好好提升自己的。"当我们足够优秀智慧的时候，我们便会有一双清亮如寒星的眼眸和一颗慈悲通透的心，看得清这个世界所有的现实与残酷，分得清这个世界上所有的是非与对错，却依然充满热情与信心地生活着，这样的姑娘注定倾倒众生。

　　愿我们都成为这样的姑娘。